Tucholsky Wagner Zola Scott Fonatne Sydow Freud Schlegel
Turgenev Wallace Freud
Twain Walther von der Vogelweide Fouqué Friedrich II. von Preußen
Weber Freiligrath
Kant Ernst Frey
Fechner Fichte Weiße Rose von Fallersleben Richthofen Frommel
Engels Fielding Hölderlin
Fehrs Faber Flaubert Eichendorff Tacitus Dumas
Eliasberg Ebner Eschenbach
Feuerbach Maximilian I. von Habsburg Fock Eliot Zweig
Ewald Vergil
Goethe Elisabeth von Österreich London
Mendelssohn Balzac Shakespeare Dostojewski Ganghofer
Lichtenberg Rathenau Doyle Gjellerup
Trackl Stevenson Hambruch
Mommsen Tolstoi Lenz Hanrieder Droste-Hülshoff
Thoma von Arnim Hägele Hauff Humboldt
Dach Verne Rousseau Hagen Hauptmann Gautier
Karrillon Reuter Garschin
Defoe Hebbel Baudelaire
Damaschke Descartes
Hegel Kussmaul Herder
Wolfram von Eschenbach Schopenhauer Rilke George
Bronner Darwin Dickens Grimm Jerome
Melville Bebel Proust
Campe Horváth Aristoteles Voltaire Federer
Bismarck Vigny Barlach Herodot
Gengenbach Heine
Storm Casanova Tersteegen Grillparzer Georgy
Lessing Gilm
Chamberlain Langbein Gryphius
Brentano Lafontaine
Strachwitz Claudius Schiller Kralik Iffland Sokrates
Bellamy Schilling
Katharina II. von Rußland Gerstäcker Raabe Gibbon Tschechow
Löns Hesse Hoffmann Gogol Wilde Vulpius
Gleim
Luther Heym Hofmannsthal Morgenstern
Roth Klee Hölty Goedicke
Heyse Klopstock Kleist
Luxemburg Puschkin Homer Mörike
La Roche Horaz Musil
Machiavelli Kierkegaard Kraft Kraus
Navarra Aurel Musset
Nestroy Marie de France Lamprecht Kind Kirchhoff Hugo Moltke
Laotse Ipsen Liebknecht
Nietzsche Nansen Ringelnatz
Marx Lassalle Gorki Klett Leibniz
von Ossietzky May
vom Stein Lawrence Irving
Petalozzi Knigge
Platon Kafka
Sachs Pückler Michelangelo Kock
Poe Liebermann
de Sade Praetorius Mistral Zetkin Korolenko

Der Verlag tredition aus Hamburg veröffentlicht in der Reihe **TREDITION CLASSICS** Werke aus mehr als zwei Jahrtausenden. Diese waren zu einem Großteil vergriffen oder nur noch antiquarisch erhältlich.

Symbolfigur für **TREDITION CLASSICS** ist Johannes Gutenberg (1400 — 1468), der Erfinder des Buchdrucks mit Metalllettern und der Druckerpresse.

Mit der Buchreihe **TREDITION CLASSICS** verfolgt tredition das Ziel, tausende Klassiker der Weltliteratur verschiedener Sprachen wieder als gedruckte Bücher aufzulegen – und das weltweit!

Die Buchreihe dient zur Bewahrung der Literatur und Förderung der Kultur. Sie trägt so dazu bei, dass viele tausend Werke nicht in Vergessenheit geraten.

Im Pulsschlag der Maschinen

Heinrich Lersch

Impressum

Autor: Heinrich Lersch
Umschlagkonzept: toepferschumann, Berlin

Verlag: tredition GmbH, Hamburg
ISBN: 978-3-8424-0881-4
Printed in Germany

Mensch im Werden

Der Ahne in mir

Ich schmiede, weil ich Schmied bin. Ich bin ein glücklicher Schmied, weil ich mein Werk habe, und mein Werk hat mich. Und mein Schmiedewerk ist mir so lieb wie das Kind, das mein Weib großzieht. Nun sommert es um die Stadt. Wie weht der Laurenziuswind über Land in meine Schmiede hinein. Wie schön müssen heut die weißen Wolken im Blau über den dunklen Kiefernwäldern stehn! Glücklich, wer jetzt in dem Winde, in der Sonne, unter dem Himmel Sommerweizen mähen darf!

Schicksal, warum machtest du einen Schmied aus mir? Dem Landmann drücktest du einen Pflug in die Hand, daß er ihn durch das Erdreich zwinge. Du gabst ihm grünwogende Ackerfelder, gabst ihm die allmächtig zeugende Sonne, brennend am Firmament; gabst ihm Wolken voll Regen über seiner Hände Arbeit hin. Gabst ihm Saatzeit, Zeit des feuchten Wachstums, der feurigen Reife Zeit, Zeit der aufbäumenden, unruhvollen Ernte.

Schobern und Scheuern gabst du ihm, gestampft voll Getreide. Mieten, berstend von Fülle; Speicher und Keller voll guter Dinge im mütterlich wahrenden Hause.

Schicksal, mein Schicksal, was gabst du mir? Mir ist nur eine schwarze Schmiede gegeben, Wolken voll Rauch belagern die rötlichen Fenster: du stelltest einen Amboß vor mein Gesicht, ein Schmiedefeuer mir in den Rücken. In die linke Hand gabst du mir die Zange, in die rechte den Hammer. Während draußen in lautloser Stille Nacht und Tag ruhvoll die Äcker wachsen, schmettere ich in sausenden Schlägen meinen Hammer auf eiserne Stangen. Regen rieselt in rotem Aschestaub, und meine Sonne ist das glutende, dörrende Schmiedefeuer. Ich säe die liebe, lange Woche das Fett meiner Muskeln in die Furchen der Eisenbarren. Der Tau der schweißenden Stirne träuft auf die Felder der Eisenplatten. Von der Sonne, vom Licht habe ich nur einen Traum, einen schönen, glänzenden, duftenden Traum. Schmied, sei Schmied, weil du kein Bauer bist! Ich beherzige mich und mein Wort: Schmied, sei Schmied! Ich hämmere und hämmere! Will nichts anderes sein als Schmied, will nichts anders tun, als schmieden!

Und doch, es ist jemand da, der stärker über mich gebietet. Es ist jemand in mir, anders als der Schmied, Ich bin im Bann einer unsichtbaren Macht. Schmied, schlag dich frei! Schlag los! Ich hebe den Hammer und schlage zu!

Da sinkt der Amboß in den Grund! Die Werkstattwände fliegen auseinander, der eisenstaubschwarze Boden schwingt aus. Ich stehe, Bauer, vor einem Ackerfeld. Hafer und Weizen vor mir in schwerer Pracht unter der glutenden Sonne. Die Kartoffelsträucher auf den Äckern sinken in saugender Hitze. Die Äste der Obstbäume leuchten von roten und gelben Früchten bunt; unter den Pappeln, die den sanften Windungen des Flusses folgen, stehn die Kühe im Gras der Weiden.

Da: Koppeln von Schweinen stöbern durch den Eichenwald, Hühnerscharen picken sich durch die Stoppelfelder hin. Vom stillen Hofe erhebt sich ein Taubenschwarm, flügelt den dunklen Wäldern zu. Da schirren die Knechte die braunen Rosse, hell schimmern ihre flachsblonden Mähnen, ungeduldig schlagen die Schweife der schönen Tiere). Sie schirren sie vor die Mähmaschine. Nun brechen sie durchs Tor auf den Weg. Mein Urahn geht, die dampfende Pfeife im Mund, auf dem Hof einher, und da er in die Hände klatscht, stürzen aus der Küchentür die Mägde, klappern mit Eimern und Holzschuhen.

Sie wandern in die Wiesen und locken die Kühe mit lauten Rufen. Schon wühlen da und dort Erntepflüge im Land. Die Jugend des Dorfes rafft die weißen Früchte, Säcke straffen sich, von eilenden Körben gefüllt.

Wo der Bongert mit den leuchtenden Früchten lacht, werden von Baum zu Baum weiße Tücher gespannt. Der Apfelpflücker steigt die Leiter hinan. Von der Donk her werden die Schweine in die Stadt getrieben: der Schweizer lädt einen mächtigen Mastochsen auf den Viehwagen. Dort, wo der breite Regenhut des Schobers sich erhebt, pfeift die Lokomobile des Dreschkastens. Schon schwanken die hochbeladenen Erntewagen heran, Dampf zischt auf; Räder und Riemen bewegen sich wie Arme und Hände, Garben werden hochgestoßen, Ballen von gepreßtem Stroh zur Seite gestapelt.

Ich sehe: still durch den Lärm und Staub rinnt, rinnt unaufhörlich der Strom der Körner in die Säcke.

Vor der Mühle am Fluß stehen die schweren Karren. Der Kran seilt die runden, prallen Säcke hoch. Breiten Stroms ergießt sich der Körnerfall in die Trichter der Mühlen. Die Müllerburschen gehn von Walze zu Walze, prüfen den Körnerfall und des Mehles Feinheit.

Eine Straße weiter, da tragen die Metzgergesellen, quer über den Nacken gelegt, die geteilten Viertel der Rinder und Schweine. In der Halle der Konsumbäckerei glühen die Backöfen auf. Mengmaschinen rotieren, die Bäcker schießen das Brot in die schwarzen Ofenschlünde. Brot! Brot! Brot! Brot für die Arbeiter, Brot für mich! Ich bin der Schmied! Hallo! Schmied! Tu auch du dein Werk! Träume nicht länger! Dein Amboß ist dein Weizenfeld, dein Kartoffelacker! An den Säulen der Werkstatt ranken Reben, die Binder am Dach sind verzweigtes Astwerk, darin, köstlich, Obst in Fülle prangt. Funken aus deinem Feuer steigen in den Schlot, es sind Bienen, die die Blüte deiner Flamme umschweben und dir Honig zutragen.

Hallo, Schmied! Träume nicht länger! Dein Hammer leuchtet wie eine Schnittersense im Morgenlicht!

Ernte schmiedend ein!

Da kommt dein Weib vom Markt zurück; sie hat aus der Fülle genommen, die du mit deinem Schweiße gesät. Sie geht an ihren Herd und kocht. Nun, Schmied, sei fleißig! Am Feierabend gehst du zu ihr, haust die Mütze an die Wand, packst dein Weib um den Hals. (Sie erwehrt sich deiner schwarzen Küsse.)

Da dampft auf dem Tisch dein Erntemahl! Goden Honger!

Bildnis der Mutter

Die Mutter war eine ganz kleine Frau, hatte ein rundes, weißes Gesicht und schwarzes, glattgescheiteltes Haar, ein wenig Sommersprossen unter den dunklen Augen und trug immer dunkle Kleider. Im Sommer band sie ein weißes Tuch um die Stirne; sobald die Sonne schien, litt sie unter heftigen Kopfschmerzen. Im Winter hustete sie viel. Wenn sie eine kleine Last trug, ging ihr Atem schnell und heftig.

Von dem vielen unterdrückten Husten muß sie wohl den schmalen, etwas zusammengekniffenen Mund bekommen haben, der um der Worte Wert und Gewalt wußte. Sie hatte sieben Kinder. Kesselschmiedsbrut kommt schon halbtaub auf die Welt, die Natur ersetzt das fehlende Gehör durch größere Stimmkraft. Wenn wir die Küche mit unbeschreiblichem Lärm erfüllten, so klang manchmal vom Waschfaß oder Kochherd leise und ruhig das Wort: »Kinder!« Solche durchtönende Kraft, Zauber und Macht ging von Mutters Sprache aus, daß wir nicht nur gebändigt gehorsam, – sondern in uns gestillt und beruhigt wurden. Mit dem einzigen Wort: »Kinder!« – in vielfältiger Betonung, aber immer gütig und mild, hat Mutter uns erzogen. Nie fiel in dieser proletarischen Umgebung ein rohes oder Schimpfwort; sie glaubte so stark an das Anständige und Gute in ihren Kindern, daß Beifügungen wie bös' oder schlimm, in ihrer Sprache fehlten. Sie leitete uns mit der magischen Gewalt ihrer Augen. Wir fühlten ihre Blicke wie helle Sonnenkringel auf unserm Gesicht, wenn Mutters Augen auf uns sahen. Wir taten – und hier ist dieser Satz keine Phrase: »was wir ihr von den Augen absehen konnten«. Wenn wir etwas Unrechtes getan hatten, meldeten wir uns sofort bei ihr und beichteten. Mutters freudiger Blick sagte uns, daß sie nicht umsonst an den anständigen Kerl in uns geglaubt hatte.

Wir lebten alle im Bannkreis der mütterlichen Zucht wie im lautlosen, leuchtenden Licht der Sonne. Das Gesicht der Mutter stand über dem wildesten Spiel und ging so lebendig mit uns auf unsern Wegen, daß all unsre Taten und Unterlassungen von vornherein durch ihre Gegenwart gerichtet waren: »Was wird Mutter dazu sagen?« Dies Wort kam uns nicht einmal mehr bewußt ins Gedächtnis, es stand über unserm Leben.

Zärtlichkeiten waren unbekannt. Nie werde ich den ersten Kuß vergessen, den sie einem ihrer Kinder gab. Als Achtjähriger erwachte ich eines Nachts, tastete mich voll Unruhe durchs dunkle Haus in die Küche, stieß im Finstern an die Bank, fühlte auf dem Bankbrett ein kleines, eiskaltes Gesicht, dann den nackten, kalten Säugling. Ich tastete über den Tisch hin, stieß auf die Mutter, die mit dem Kopf über den Armen eingeschlafen war. Vor Angst und Aufregung konnte ich nicht sprechen. Da erwachte die Mutter, machte Licht und frug: »Heini, was fehlt dir?« Ich wies auf die Bank und sagte: »Leg ihm doch ein Kissen unters Köpfchen und decke ihn zu!« Da beugte sie sich über das kalte Gesichtchen und sprach: »Hermann ist tot, er braucht kein Kissen mehr, er ist diese Nacht gestorben!« Dann küßte sie das tote Kind auf den Mund, und da sah ich die ersten Tränen in der Mutter Augen. Wir erfuhren es erst später von der Nachbarin, daß sie fast jede Nacht mit dem wimmernden Kind in der Küche gewacht hatte, damit der Vater wenigstens schlafen konnte. Auch ein kleines Schwesterchen starb nach langer Krankheit. Jedes Jahr wurde ein neues Kind geboren und dann sahen wir Mutter drei Tage nicht; es waren die einzigen Tage, an denen sie krank feierte und ausruhte. Wenn am vierten Tage Kindtaufe war, tat sie, ein wenig blasser als vorher, ihre gewohnte Arbeit. Sie weigerte sich beharrlich, mit am Festtagstisch zu sitzen. Sie bediente die Taufgäste, wie sie das ganze Jahr über diente. Keiner von uns hat Mutter je mit am Familientisch essen sehen. Dreißig Jahre lang stand sie, wenn wir, Vater und Kinder, beim Essen saßen, zwischen Tisch und Kochherd; manchmal angelehnt in ausruhender Müdigkeit, aber immer gewärtig, einen Teller aufzufüllen oder eine Schüssel zu bringen. Zwischenbei richtete sie Vesperbrot für die Ausgehenden, ordnete oder säuberte still, daß sie niemand störte. Erst, wenn wir alle gegessen hatten und zur Arbeit weg waren, aß sie für sich allein.

Jeden Morgen stand sie vor fünf Uhr auf. Wenn wir von der Schlafkammer kamen, stand der Morgenkaffee mit gestrichenen Broten für alle bereit, hing die Wäsche fertig an den Schnüren. Manches Mal war sie schon um halb sechs Uhr in die heilige Messe gegangen, trotzdem der Weg dahin fünfzehn Minuten weit war.

Unsere Mutter war die älteste Tochter einer Familie von vierzehn Kindern, die im Jahre achtzehnhundertachtundachtzig nach Amerika auswanderte. Sie blieb allein hier, weil sie sich mit dem fast doppelt so alten Kesselschmied verheiratete. Im ersten Jahre verloren sie durch einen unglücklichen Prozeß ihre kleine, kaum errichtete Werkstatt. Sie wurden gleich im Anbeginn so mit Schulden belastet, daß sie nur noch für die Gläubiger zu schaffen hatten. Der Gerichtsvollzieher blieb einer der ständigen Gäste der Familie. Des Vaters Sinn verdüsterte sich durch dieses Unglück, er wurde auch körperlich krank. Nun hatte die Mutter auch noch die Last der Werkstatt zu tragen. Mit ihrer schönen Handschrift machte sie alle Schreibarbeiten, lernte das technische Rechnen und führte die vielen Prozesse durch, die der Vater wider ihren Willen anfing. Sie machte es so gut, daß die Werkstatt auf ihren Namen eingetragen wurde und ein Richter in eine Klageschrift wegen einer technischen Sache den Satz aufnehmen ließ: »Klägerin ist Fachmann!« – Die Krankheit des Vaters führte zu solch einem Eheelend, daß die wenigen Bekannten ihr rieten, sich von ihm zu trennen. Auch wir Kinder konnten ihr nichts anderes raten. Doch dann lächelte die Mutter traurig und stolz; jedesmal sagte sie: »Ich hab es Gott am Altar geschworen, meine Pflicht zu tun. – Kinder, ihr wollt doch nicht, daß ich wortbrüchig werde!«

Und so wuchsen wir heran; einer nach dem andern kam in die Werkstatt. Als der Jüngste aus der Schule entlassen wurde, brach der Krieg aus. Am Morgen des ersten Mobilmachungstages gingen wir noch einmal in die Messe. In dieser Stunde schrieb ich ihr zum Trost mein Abschiedslied: »Laß mich gehen, laß mich gehen!« in ihr Gebetbuch. Von ihrem Mutterherzen fand das Lied den Weg ins Vaterland und wurde zum Trostlied vieler Kameraden, auch das Todeslied ihres Jüngsten, der am zwölften September neunzehnhundertundachtzehn an der syrischen Front bei Bethlehem bei den Rückzugskämpfen vermißt blieb.

Sie hoffte, er würde heimkehren, bis es keine Hoffnung mehr gab. Dann wurde sie Großmutter von acht Enkelkindern, pflegte den Mann in stiller Pflichttreue bis er, vierundachtzigjährig, starb. Als sie diesen Mann, ihr Schicksal, in Gottes Händen wußte, da war ihr Leben und ihre Mission erfüllt: sie erkrankte gleich hinterher und starb, genau auf den Tag ein Jahr später wie der Vater. Sie starb, wie sie gelebt hatte, unter unsagbaren Leiden, am Krebs.

Meine Mutter war nur von Gestalt und Körperkraft eine ganz kleine schwache Frau. Ihre Seele jedoch war die einer großen Heldin. Sie war eine der Millionen stiller und schlichter Mütter des Volkes, die in christlicher Erkenntnis ihres Schicksals das Wort mit Blut und Leben zur Wahrheit machten: Besser Unrecht leiden als Unrecht tun!

Ich knie vor dem Bildnis meiner toten Mutter und erneuere den Schwur, den ich als kleiner Junge fest in mein Herz prägte: Stark und groß zu werden, um ein Kämpfer zu sein für das Recht der Mutter auf ihr mütterliches Glück!

Liebe Mutter, und du sollst tot sein?

Erstes Leid und erste Freude

Vier Jahre lebte ich schon und lebte in dem glückseligen Zustand, in dem es Leid und Freude noch nicht gibt. Der Tag und die Stunde, in der sich die Welt mir im Leid offenbarte, diese zweite Geburt, der tatsächliche Eintritt ins Leben, war eine so große Erschütterung, daß ich sie nicht wieder erlitt, bis ich als Soldat zum erstenmal durch das Sperrfeuer von Granaten, Schrapnells und Maschinengewehrfeuer mußte.

Damals, vor vierzig Jahren, war es an einem schönen Herbsttag – ich seh ihn noch immer leuchten –, ich hatte die Schürze voll Roßkastanien gesammelt, sie in Mutters Küche getragen und war dann wieder hinunter zum Spielen gegangen.

Ich erinnere mich der sonnenbeschienenen Straße, sie war in der Mitte weiß von Staub; an den Rändern grün und dunkel von den Chausseebäumen, und in der Mitte zogen Karren und Wagen. Ab und zu kam auch eine Pferdebahn. An diesem Tage aber mußten die Fuhrwerke ganz auf einer Seite fahren, eine große Schar Arbeiter hatte die Straße, von unserer Hausseite an, aufgeschlagen. Wenn die Pferdebahn kam, hielten die anderen Wagen. Oft rutschten die Räder in die Gosse und saßen fest; dann gingen manchmal alle Arbeiter an die Räder, schrien und hoben den Wagen wieder auf die Straße. Der Kutscher schlug mit der Peitsche, die Pferde sprangen wild im Geschirr und rissen den Wagen heraus.

Um die Bäume herum wurden Rinnen gehackt; unter den grauen Steinen kam gelber Lehm heraus, der auf eine Schiebkarre geladen und weggefahren wurde. Zuerst spielten wir in dem gelben Lehm. Dann sahen wir, wie die Männer ein dünnes, breites Messer nahmen und an dem Baum vorbeizogen. Ein anderer Mann stellte eine Leiter an den Stamm und machte ein Seil in den Ästen fest. Als ich sagte: »Jetzt kriegt der Baum eine Schleife in die Haare!« lachten die Männer über mich.

Der Heinrichs Heini nannte das Messer »Säge«, sein Vater war Schreiner und hatte viele solcher Dinge. Ich sah diese merkwürdige Arbeit, die gar nicht voranging, neugierig an, und erst, als ein anderer Mann mit einem Beil kam, wurde ich unruhig. Der schlug zu, und aus dem grauen Stamm sprangen weiße Holzstücke. Da nah-

men zwei Männer uns Kinder an die Hand, brachten uns in die
Haustür und drohten mit der Faust, wenn wir bloß den Kopf herausstreckten. Inzwischen standen viele Leute weit um den Baum
herum, einige hielten das Seil, einer schlug noch mit dem Beil. Als
ich begriff, daß der Baum umgeschlagen werden sollte, fingen mir
die Hände an zu zittern; vom Kopf her schoß mir ein Schauer durch
den Leib, der Bauch war wie ein Stein hart und schwer, und dann
konnte ich nicht mehr atmen. Auf einmal stand ich ganz allein in
einem großen Kreis von Leuten. Der Mund ging mir weit auf, ich
wußte nichts, sah nichts mehr vor Tränen, ich schrie. – Dann wurde
es dunkel, ich roch die Küchenschürze meiner Mutter und wurde
weggetragen. Dann muß ich wohl eingeschlafen sein, denn ich fand
mich im Bett wieder.

Auch die Mutter hatte diese Stunde nicht vergessen; solange wir
jung waren, hatte sie zu viel Not und Sorge, um über solche Kleinigkeiten zu reden. Erst als ich aus dem Kriege zurückkam und sie
mich im Lazarett besuchte, sprach sie über meine Kindheit und
erzählte mir viel, von dem ich keine Erinnerung mehr hatte. Mit
diesem Ereignis aber fing sie an: »Erinnerst du dich an die Zeit, als
an der Rheydter Straße vorbei noch Bäume standen? Weil der Verkehr zwischen den beiden Städten immer größer geworden war,
wurden sie eines Tages abgeschlagen. Trotzdem die Arbeiter mit
einem Seil den Platz abgesperrt hatten, bist du durch den Kreis
gelaufen und bist dem Mann, der mit der Axt in der Grube saß und
in den Stamm schlug, auf den Rücken gesprungen. Du hast ihm den
Arm festgehalten. Du schriest immerzu: »Lieber Mann, du darfst
den Baum nicht totmachen! Der gibt mir all seine Kastanien! Du
darfst dem Baum nicht weh tun, das ist unser Baum, den kenn ich
so gut!« Ein anderer Arbeiter hatte dich schon wieder weggenommen und dich an die Haustür gestellt, du aber bist immer zu dem
Mann mit dem Beil gelaufen und hast ihn geschlagen, gekratzt und
gebissen. »Der arme, liebe Baum! Du böser, frecher Mann!« riefst
du, und dann kam ich und trug dich fort. Du hast geschrien, daß die
Leute glaubten, du würdest ersticken oder platzen – geschrien, daß
man es hundert Meter weit hören konnte. Immer hast du auf die
Straße rennen wollen, hast um dich geschlagen und vor Wut weder
mich noch deinen Vater gekannt. Es war ein richtiger Schreikrampf,
der wohl eine Stunde gedauert hat. Dann hast du lange geschlafen,

und wenn du die Bäume, die nun alle abgeschlagen wurden, krachen hörtest, fingst du immer wieder zu weinen an. Erst als die Straße wieder in Ordnung war, hörtest du endlich mit dem Weinen auf. Drei Wochen lang bist du nicht auf die Straße gegangen, so sehr hast du den Bäumen nachgetrauert!«

In Mutters Küche war wenig Lustiges zu erleben, Spielzeug gab es nicht viel, und da wir gar keine Verwandten hatten, die uns mit Besuch beglückten, so fiel nichts Außerordentliches in meine Kindheit. Auf die Straße wagte ich mich nicht zu oft. Ich war ein schwächliches Kind und bekam überall Püffe; ich war nicht stark genug, so wiederzuschlagen, daß meine Fäuste mir Achtung verschaffen konnten. Die Schule machte mich mit dem langen Weg müde, und weil ich der Kleinste in der Klasse war, noch eine Handbreit kleiner als der Nächstkleinste, mußte ich mich immer mehr des Übermutes der Größeren erwehren. Was es auch zu leisten gab, ich war immer der Letzte, der am wenigsten mitkonnte und den grausamen Spott der Stärkeren auszustehen hatte. Ich muß dazu von einem mimosenhaften Stolz gewesen sein, denn ich weinte viel über die Zurücksetzung. Zum Lernen fehlte mir die Aufmerksamkeit. Ich mußte immer zum Fenster hinaussehen oder hören; wenn der Gemüsehändler seinen melodischen Gesang über die Straßen schmetterte, so hörte ich da hin. Wenn die Spatzen im dichten Epheu, mit dem das Schulhaus bewachsen war, lärmten, so konnte ich meine Ohren nicht abwenden. Ob draußen Kinder spielten, der Sturm pfiff oder der Regen schlug, meine Sinne gingen nach draußen. Manchmal wollte ich wirklich etwas lernen; doch, wenn ich scharf aufpaßte, schlief ich ein. Ich hatte es nicht gut in der Schule, weil ich eben der Letzte war und vor Schlägen fürchterliche Angst litt.

Und doch hat die Schule mir meine erste große Freude vermittelt: es war in der Badeanstalt. Einmal kam zufällig anstatt des warmen nur kaltes Wasser aus den Röhren; so kalt, daß nach wenigen Sekunden die Jungen in den warmen Ankleideraum zurückliefen und nicht wieder in die Brausezellen wollten. Als der Wärter mit dem Lehrer kam und sie mich allein unter der Brause sahen, frugen sie mich, ob dieses Wasser denn nicht auch kalt sei. »Ach was! Das ist ganz mollig und schön!« rief ich. In Wirklichkeit schnatterten mir die Zähne vor Kälte. »Das kann doch nicht sein«, sagte der Wärter.

»Wenn das Wasser überall kalt ist, so muß es auch an dieser Brause kalt sein.« Ich aber platschte und rieb mich, als seife ich mich ein. Als der Wärter mit der Hand das Wasser prüfte, kriegte er noch einen tüchtigen Platsch auf seinen weißen Mantel mit. »Junge, das ist ja genau so eisig wie überall! Du mußt ja frieren! Heraus!« rief er.

»Ach was!« sagte ich, »mir ist ganz schön warm dabei geworden!«

Da holte mich der Lehrer heraus und führte mich in den großen Ankleideraum zu den anderen. Der Lehrer legte mir ein großes Badetuch um die Schultern und sagte zu den anderen: »Hier! Ihr großen Kerle! Was für armselige Bangbüchsen seid ihr gegen den kleinen Lersch! Ihr glaubt, ihr wäret stark, wenn ihr mit euren großen Kräften und Knochen über den Kleinen Meister werdet und ihn verhauen oder verjagen könnt, drum seid ihr stärker als er! Ihr Dummköpfe! Ihr könnt euch drauf verlassen, der kleine Lerschkes, der bringt es mit seinem schwachen Körper weiter als ihr mit den starken Knochen. Ihr könnt die Schwächeren beherrschen, der kleine Lersch aber kann sich selber beherrschen! Und wer sich selber beherrschen kann, der ist wirklich stark und bringt es zu was im Leben! Nehmt euch ein Beispiel dran!«

Der Wärter stellte mich auf einen Stuhl und sagte: »Das war mutig, kleiner Heini! Siebzig Feiglinge und ein Held! Mach weiter so!« Der Lehrer achtete seitdem in der Pause immer auf mich. Aber es war nicht mehr nötig, sie ließen mich von selber in Ruhe.

Dieses kleine Ereignis unter der kalten Brause hat mir meine ganze Jugend darum und dadurch verschönt, weil ich Selbstvertrauen gewann. Immer wieder versuchte ich, mir durch eigene Hilfe vor der Übermacht der Größeren zu helfen. Bis dahin hatte ich nur einen Wunsch: groß und stark zu sein, um Rache an meinen Peinigern nehmen zu können. Seitdem wußte ich, daß nicht die Fäuste allein entscheiden! Mit den kleinen Siegen über meine eigene Schwachheit hatte ich über die Stärkeren gesiegt.

Von dem Tage an lernte ich das süße Glück der Macht kennen, die aus der eigenen Gnade und eignen Knochen, dem eignen Willen stammt. Das war die erste große Freude meines Leben und alle anderen Freuden sind mir nicht als Geschenk in den Schoß gefallen;

alle kleineren und größeren Freuden, sie stammen, wie der Baum
aus einem Samenkorn, aus jener ersten Freude her.

Opfer der Arbeit

Einmal hatten wir mitten im Sommer keine Arbeit. Da sagte mein Vater, daß es jetzt Zeit wäre, meine Verwandten kennenzulernen. Sie wohnten im Wurmkohlenrevier bei Aachen. Nie war bei uns über diese Verwandten gesprochen worden. Der Vater erlaubte mir, die Reise zu Fuß zu machen, trotzdem ich noch keine achtzehn Jahre war. Es waren an sechzig Kilometer zu Fuß, und acht Tage durfte ich ausbleiben. Am Abend des zweiten Tages kam ich in das Bergmannsdorf. Als ich nach den Leuten fragte, sah man mich merkwürdig an und lächelte geheimnisvoll. So, daß ich vorzog, nicht zu sagen, daß es meine Verwandten waren. Die Nachbarn redeten miteinander. Einer bot sich an, mich hinzuführen, denn allein würde ich das Haus doch nicht finden.

Ein bewaldetes Tal war in die Landschaft eingeschnitten. Hoch von der Straße aus zeigte der Mann einen Pfad, von dem ich inmitten eines Gebüsches eine Hütte sah. Ich ging den Pfad hinunter. Die Abendsonne leuchtete mild, und die Vögel sangen. Das Tal war nach der kleinen, schmutzigen Kohlenstadt wie ein herrlicher Garten, und ich vergaß das merkwürdige Lächeln des Führers. Da lichtete sich das Gebüsch; auf einer kleinen Wiese weidete eine Ziege. Am Wegrand saß ein alter Mann. Er wandte den Kopf zu mir, sah voll und lang in mein Gesicht. Ich setzte mich zu ihm, fragte nach seinem Namen. Er nickte nur, sah mich wieder lange an und nannte mich Matthias. Er wunderte sich immer nur, daß ich noch so jung sei. Dann würde ich die Altersrente sicher nicht bekommen, er bezöge sie schon seit vielen Jahren.

Unter ungläubigem Kopfschütteln, Beschauen, Befragen, sah ich, anfänglich mit Entsetzen, daß er mich für meinen Vater hielt. Er besah sich meine Hände und sagte, der Zeigefinger sei aber wieder schön angewachsen, den hätte ich doch in der Grube verloren. So ums Jahr sechsundsiebzig. Eifrig und anschaulich schilderte er, wie der Finger verlorenging und wußte sogar noch, daß die Maschine aus Jupille in Belgien gekommen war. Er beschrieb den Anzug, den der Vater an jenem Tag trug, so deutlich, daß ich ihn von einer Fotografie, der einzigen, die es aus Vaters Jugendzeit gab – wiedererkannte. Immer wieder wunderte er sich, daß ich so wenig gealtert,

während er doch schon seit vielen Jahren seiner Haare wegen der
»Weiße« genannt wurde.

Aber als ich ihm eine Fotografie unserer Familie zeigte, auf der
Vater und Mutter und meine sechs Geschwister abgebildet waren,
da fing er an zu weinen und sagte, er begreife nicht, warum der
liebe Gott alle Brüder und Schwestern, ja, seinen Vater und die Mutter, so jung erhalten hätte und nur ihn so alt gemacht. Ich wollte
ihm erklären, daß der vermeintliche Vater sein Bruder Matthias und
ich des Matthias Sohn, sein Neffe, sei, aber er wollte nichts von
diesen Lügen wissen. Gott habe ihn zu Unrecht bestraft; er sei doch
immer nur ein braver Schmied gewesen und jeden Sonntag in die
Kirche gegangen.

Die Ziege schaute bei dem lauten Weinen des Greises auf und
rieb ihren Kopf an des Alten Gesicht. Da schlug er den Arm um den
Kopf der Ziege und weinte, während das Tier die salzigen Tränen-
tropfen leckte. Als er aufstand und ging, drängte die Ziege mich
eifersüchtig beiseite. Unsägliche Traurigkeit beschlich mich. Ich
wurde für meinen Vater gehalten. Mir war, als fühlte ich mich
schon verwandelt, als durchpulste mich fremdes Blut und Gefühl.
Ich gedachte zu fliehen, die kommende Nacht weiterzumarschieren.
Ich tastete über mein Gesicht, als müsse ich die Falten des Vaters
auf meiner Stirn wiederfinden, seinen Bart fühlen und die leere
Höhle seines linken Auges. Wir gingen ins Haus. »Dat is Matthias!«
sagte der alte Onkel, »der Matthias is gekommen! Gerhard, Gott hat
mich gestraft, Matthias ist jung und ich bin alt! Oh, Gerhard, was
hab ich verbrochen, daß er mich so straft!«

»Goden Ovend, Nonk!« grüßte eine Männerstimme, »dat is
schön, dat du uns besuchst! Mar, du bist der Nonk Matthias nicht,
du bist zwanzig Jahr, – sein Junge bist du, ja, der weiße Heinrich ist
vierundsiebzig. Er ist dein Patohm! Ja, alles ist wunderbar! Wunderbar! Henn! Das glaubt kein Mensch nicht, da bricht die große
Flamme durch den Stollen, frißt die Stempel auf, daß sie flammen
und sinken, – die Stollenwände sind glühend, der Berg brennt, Kohlenwände glühen! Hinter dir die gewaltige Flamme, die brennende
Erde hinter dir, und rennst du vor der Flamme, und die Flamme
rennt und donnert hinter dir her, – und da steht der Mensch, tief
unten in der Erde, auf Sohle vierhundert, und schaut hinauf durch

den offenen Schacht in den hellen, lebendigen Tag, – und siehst du oben am Himmel die Sterne gehen, – und in der Nacht der Erde die lebendige Flamme hinter dir und durch den dunklen Schacht am hellen Tag die Sterne, ja die Sterne, die Sterne ...«

Er hob die Arme in die Höhe, warf den Kopf in den Nacken, während sein Leib sich in der Bewegung atemloser Flucht aufbäumte; er streckte sich aus, reckte sich hoch, spreizte die Finger, als bete er ein Wunder an, und dann sank er ruckweise zusammen, murmelnd: »Die Sterne, ja die Sterne!« – Dann fiel er mit leisem Wimmern auf den Boden nieder.

Der Alte kam und lächelte. »Ja, Matthias, auch den hat Gott gestraft! Aber Gerhard ist aufgefahren in den Himmel, durch den schwarzen Schacht in den Himmel, an dem man am hellen Tag die Sterne sehen kann, – er ist jetzt glücklich. Komm, setz dich an den Tisch!« Er nahm mich an der Hand, schritt über den liegenden Vetter weg, und im Halbdunkel des Raumes sah ich einen Tisch stehen, eine Kaffeetasse stand auf der Platte, halbvoll, aber so schief, daß sie an einem Rand überlief. Da erst merkte ich, daß der Boden des Raumes schräg war, daß die Schränke schief standen und die Mauern; nun wußte ich, daß Bodensenkungen den Raum so verwandelt hatten. Ungeachtet des Menschen, der am Boden lag und stöhnte, zündete der Alte das Feuer an, ging und molk die Ziege, stellte Teller auf den Tisch, brockte Brot und wärmte die Milchsuppe.

Der Alte setzte sich, aß und nickte mir freundlich zu. Als er den Teller zur Hälfte geleert hatte, sagte er zu dem Vetter: »Gerhard, Anna ist da!« Auf das Wort »Anna« erwachte der Bewußtlose, sagte mit erhobener Stimme: »Anna«, sah sich um und verschloß die Augen mit den Händen. Dann schüttelte er sich, stellte sich langsam auf die Füße, klopfte die Kleider rein und setzte sich an den Tisch.

Als der Alte eine kleine Öllampe angezündet auf den Tisch stellte, war mir nichts mehr fremd. Ohne Neugier oder Beklommenheit aß ich mit gutem Hunger. Ich gewöhnte mich an die Regelmäßigkeit, mit der der Vetter, wo er ging oder stand, zwischen allen Verrichtungen – mitten im Erzählen – die Hände hob und in fast feierlicher Ekstase wie eine Beschwörung die Worte aus sich herausstieß: »O Wunder! Das glaubt kein Mensch nicht! Da bricht die große Flamme durch den Stollen, frißt die Stempel auf, daß sie flammen und sinken, die Stollenwände glühen, die Wände brennen, Kohlenwände glühen. Hinter dir die Flamme, gewaltige Flamme, und die Flamme donnert; und da steht der Mensch tief unten auf der Sohle vierhundert und schaut hinauf durch den schwarzen Schacht in den hellen, lebendigen Tag, da oben am Himmel die Sterne gehen und in der Nacht der Erde die lebendige Flamme hinter dir, und durch den schwarzen Schacht die Sterne, ja die Sterne, die Sterne...«

Ich blieb drei Tage bei ihnen, ging in dem Geheimnis, wie die beiden selber ohne Neugier. Hörte sie reden, von unwirklichen Dingen, in Worten, wie ich sie nie hörte, oft nur Klang, nur Erinnerung an Bilder und Geschehnisse, rhythmisches Raunen, in Verzückung und Hingerissenheit, in Angst und Wildheit, in allen Formen von Temperament und Wahn. Es ist mir nicht bewußt geworden, als was ich gelebt in den drei Tagen und Nächten. Ich weiß nur, daß ich mitschwang und die Flamme fühlte, die durch die glühende Erde jagte und den Bergmann zum Schacht trieb; zu dem Schacht, dem eine Explosion das Fördergerüst weggerissen.

Ganz gelegentlich sagte mir später die Mutter, daß der Bruder des Vaters durch einen niederfallenden Eisenträger verwundet wurde und seitdem sein Gehirn krank sei; der Vetter habe bei einem Grubenbrand den Verstand verloren. Die zwei hätten sich zusammengetan und lebten von der Unfall- und Altersrente.

»Die Arbeit frißt sie alle – alle Lerschs frißt die Arbeit auf. Sein Bruder Anton ist schon als Junge durch übergroßes Lastenheben und Tragen am Bruch gestorben. Gerhard und Arnold sind wie der Vater, ewig hinter Erfindungen und Maschinen her – wollen alles verbessern, alles erneuern. Am Tag überm Amboß, in der Nacht über der Zeichnung – keine Ruhe kennen sie, keine Rast, keine Familie, keinen Sonntag – immer ist ihr Kopf oder sind ihre Hände an der Arbeit. Darum bringen sie es zu nichts, verspekulieren, verspintisieren alles, was sie erarbeiteten. Darum wollt ich, du wärst ein richtiger Techniker geworden! Aber, nun werdet auch ihr alle Kesselschmiede – mag Gott euch vor den Maschinen beschützen!«

Die in den Fabriken sterben ...

»Es war auch Zeit, daß du kamst!« sagte mein Bruder Paul, »ich hab 'ne Masse zu arbeiten, du kannst in der Baumwoll-A.-G. eine Dämpfkesselreparatur mitmachen. In drei Tagen und Nächten muß sie fertig werden, denn dreihundertfünfzig Weber warten darauf. Also ran! Es wird ja auch bezahlt!«

»Dafür bin ich wirklich nicht von Hamburg gekommen, um an dem Kessel des Herrn Kommerzienrats meine Knochen zu erproben: Ich wollte weiter auf Wanderschaft.«

»Wohin? Am Ende jeder Straße steht doch eine Fabrik – an der Arbeit kannst du doch nicht vorbei!« sagte Paul.

Also ging ich mit.

Nun war ich wieder bei den Webern; die Zeugdrucker grüßten mich, als sei ich vorgestern noch bei ihnen gewesen, nichts war verändert. Nur ich war nicht mehr derselbe.

Wir fingen an, klopften den ganzen Nachmittag durch, es ging auf den Abend zu. Die Mutter brachte uns Essen, wir hatten die Sache als Akkordarbeit übernommen. Also blieben wir die Nacht, schliefen ein paar Stunden auf Säcken und Ballenzeug.

Als ich nun um neun Uhr zum Frühstück aus dem Kessel kroch, gellten plötzlich die Klingeln, heulte ein Brandhorn, ich sah zum Fenster hinaus: in der großen Spinnerei dicht nebenan schlugen die Flammen aus allen Fenstern. In den Kellern mußte der Brand begonnen haben, aber doch zeitig genug entdeckt worden sein, denn auf der Straße standen schon die Arbeiter und Arbeiterinnen in Gruppen und zählten sich nach Sälen ab. Da schrie der Meister auf: »Der Schmierer fehlt!«

Der Schmierer gehörte keinem bestimmten Saal an, er gehörte zur ganzen Abteilung.

Die Feuerwehr kam an. Ich sah den Meister in den Hof hineinrennen, er stieg die Leiter am Schornstein hinauf, lief über das Dach des Kesselhauses und hielt die Hände vor das Gesicht. Über den Hof hin strahlte schon die Glut; hinter ihm der Brandmeister und zwei Wehrmänner. Er rannte an der Front der Fenster entlang, hinter welchen er den Schmierer vermutete: da schleuderte er den Arm zum Himmel, kletterte die Brandleiter hinauf, die zu den Stockwerken führte, in dessen Fenster ich stand. »Siehst du ihn?« schrie er mir entgegen. Da sah ich in den Flammen hinter den Gittern eine Gestalt, ich winkte hin, sie verstand mich. Schon zog der Brandmeister einen Schlauch hinter sich her und gab Wasser auf das Fenster. Hinter mir brüllten andere Wehrmänner: »Fenster frei!« Ich kletterte aus dem Loch, hinunter die Brandleiter, aufs Heizraumdach hinab. Mitten in den schießenden Wasserstrahlen stand der Schmierer, er rüttelte an den Stäben des Lagerraumfensters. Nun gab die Wehr von drei verschiedenen Seiten aus sechs Schläuchen Wasser. Hier war ein Menschenleben zu retten. Ströme von Wasser drängten das Feuer in die Nebenräume ab; als der Mann sah, daß das Gitter nicht weichen wollte, fing er in unmenschlichen Tönen zu schreien an. »Zur Straßenseite hin!« brüllte der Webmeister. Als für einen Augenblick alle Schläuche zu einem höheren Fenster gerichtet waren, aus welchem eine Feuergarbe brach, winkte der Webmeister mit ausgestrecktem Arm zur Straßenseite hin. Mit einem einzigen erschütternden Schrei rannte der Schmierer vom Fenster fort und sah bald wieder zu dem Flurfenster hinaus. »Vorwärts!« brüllte der Webmeister. Nun rannten auch alle Wehrleute mit den Schläuchen, so schnell sie konnten, voran. Da tauchte der Mann wieder auf: er war in den Ballenaufzug hineingelaufen, der in einem schachtähnlichen Einschnitt vom tiefsten Keller bis zur Höhe des vierten Stockwerkes ging. Ein neuer Schrei: eine Flamme fuhr hinter dem Geretteten her, stob vor, schlug wieder zurück. Ein gräßliches Krachen: im ersten Gebäudeteil hatte die Decke nachgegeben und die schweren Zwirnmaschinen sausten durch die Betonböden und trieben wie fürchterliche Blasbälge die Flammen nach allen Seiten. Haushoch flammte das Dach auf, die Flamme wurde von stürzenden Maschinen zurückgerissen und nun brannte in wabender Glut dieser Flügel aus. Niemand sah jetzt nach dem Schmierer: er hatte sich vor den Flammenschlägen auf die Konstruktion gerettet, verbrannte sich aber an den heißgewordenen Stangen die Hände.

Er sah sich hilflos um und riß in seiner Verzweiflung am Hubseil – das Unheimliche geschah, trotzdem die Transmission nicht mehr lief, hob sich der Aufzugs-Kasten. Ob nun ein Riemen durchgebrannt war und das Gegengewicht sich senkte, jedenfalls stieg der

Kasten, stieg wie von einer unsichtbaren Hand gezogen durch den ersten und zweiten Stock. »Gerettet!« schrie alles wie aus einem Munde. Der Kasten stieg noch höher, blieb dann aber zwischen dem vierten Stock und dem Speicher hängen. Die Ausgangstüren standen vor den Mauern, rechts und links fest verschlossen. Nach vorn in den Hof hinein sah er über das Geländer in eine Flut brennenden Schmieröls, welches auf dem treibenden Wasser den Weg zum Kanal suchte. Der Kanal faßte die Wassermengen nicht, das brennende Öl lief in den Fahrstuhlschacht und schlug dann in langer Flamme unter den Boden des Kastens. Niemand konnte sagen, ob der Boden holz- oder eisengedielt war. War er von Eisen, würde er bald glühend werden, und war er von Holz, so würde er bald verbrannt sein. Ein Windstoß trieb den Qualm zur Seite, – die Wehrmänner hielten alle Rohre auf den Kasten, doch die Wasserbogen erreichten den Mann nicht. Der eingeschlossene Schmierer hielt sich die Arme schützend vor das Gesicht, er riß sich die Jacke aus und warf sie sich um den Kopf. Er sprang, wie wahnsinnig, von einer Ecke in die andere, jetzt wickelte er die Fetzen der Jacke um die Hände; er wollte die glühend gewordenen Stangen fassen, um an ihnen in die Höhe zu klettern. Die Lappen flammten auf, – mit schauerlichem Schrei fiel er auf den Boden zurück. In gewaltigen Sprüngen tanzte er von einer Ecke in die andere, rannte mit dem Kopf gegen die Konstruktion, griff plötzlich wieder nach den glühenden Stangen, – da schoß ein Wasserstrahl auf seine Hände. Der Brandmeister hatte alle anderen Rohre drosseln lassen; dies eine Rohr gab den gesammelten Druck hoch genug. Als er den Kasten unter Wasser setzen wollte, kam von der Straßenseite der Schlosser angelaufen. Er schrie dem Brandmeister zu, er dürfe kein Wasser in den Kasten geben; die Schlosser hätten heute früh die Karbidtonne zum Schweißen an den Dampfkessel bringen wollen und diese sei bestimmt nicht aus dem Kasten herausgekommen. Wenn Karbid und Wasser zusammenkämen, gäbe es eine Explosion. »Wasser! Wasser!« gellte es aus dem Kasten. Immer verzweifelter, in heulenden Stößen, schrillte das Todesgeschrei. Der Qualm verdeckte den Kasten, man hörte immer, wie die gepeinigten Füße sprangen, einen Augenblick zögerte der Brandmeister, dann hob er dennoch den Schlauch und kühlte zuerst den Boden, dann die Wand und vorsichtig die Stangen. Wie ein Turner am Gerät schwang sich der Schmierer hoch. Er preßte das Gesicht zwischen das Gestänge, riß den Mund nach dem Wasserstrahl auf, – da stieß eine weiße Qualmwolke hoch, eine Explosion schleuderte einen schreienden Menschen in die Höhe, – nun griff er im Fallen noch nach einer Stange, hielt sich, – dann barst der Kasten. Die Trümmer fielen in den feurigen Abgrund, hinterher, mit ausgestreckten Armen und Beinen, der Mann; er schlug mit dem Kopf noch erst auf den Schachtvorsprung, dann sausten die Füße gegen die Mauer, in einer aufschießenden Flamme verschwand er, vom brennenden Morast überschlagen.

Acht Männer schrien, jeder hatte den Fall kommen sehen, jeder wußte, jeder sah, hier war es vorbei; mochten nun die Mauern ausbrennen. Ich stieg hinter den Wehrmännern hinunter, ging in meine Kesselecke, setzte mich, glitt vom Ballen, streckte mich aus; als wenn die Angst, der Todeskampf, die Brandschmerzen in mich hineingefahren wären, so fremd war ich mir selber. Ich schlug mit Wissen und Willen die Fäuste auf dem Beton wund, preßte ein bannendes Stöhnen in meine Brust zurück, es half nichts. Mir war, als brannte ich in dem glühenden Käfig, ich brannte und verbrannte nicht, es brannte in mir weiter.

Jetzt wußte ich es mit einem Male, was mir fehlte, jetzt wußte ich, was mir das Leben unerträglich machte! Ich kaute an Lauten, die aus meiner Kehle schreien wollten, aber sie war noch nicht mit Gedanken gefüllt, ich wollte nicht schreien, ich wollte etwas sagen. Eine Sage sagen, einen Spruch sprechen, eine Rede reden, ein wirkendes Wort formen. Ich fühlte die Gedanken wie dickes Blut im Munde, ich konnte nicht einmal gurgelnd ausspeien. Nein, das Blut mußte ins Wort hinein, die Gedanken waren klar. Hier hab ich wieder erlebt: der Arbeiter ist ein Soldat ohne die Ehre des Soldaten, obgleich er bis zum letzten Blutstropfen kämpft wie ein Soldat! Der Arbeiter glaubt ja selbst noch, er arbeitet ums Geld; das ist eine dumme Lüge, er arbeitet Leben ins Werk hinein! Opfert der Soldat für das Vaterland seinen Leib, auf daß es erkämpftes Land werde so blutet das Leben des Arbeiters ins Werk hinein, damit die Fabrik seine Arbeitsheimat werde. Ja, wir sind Soldaten der Arbeit und wollen die Ehre des Soldaten erringen!

Das wollte ich sagen, aber das Wort stand vor dem Blut und das Blut vereinigte sich noch nicht mit dem Wort. Da wußte ich: jetzt mußt du Dichter werden, um eine Sage sagen zu können: die Sage vom Soldaten der Arbeit. Dazu mußt du in die Einsamkeit gehen und so lange Blut und Wort im Munde behalten, stumm sein und leiden, bis Wort und Blut eins sind. Ja, jetzt mußt du auf die Wanderschaft gehen, einsam und allein, in die Gebirge und Täler, auf die Felder, in die tiefen Wälder, in denen der Gott wohnt, der unsere Sprache schuf.

Mechanisch griff ich nach meinen Kleidern, zog mich um und ging auf die Straße. Mein Bruder stand beim Brandmeister und ließ sich erzählen. Als er mich sah, nickte er und sagte: »Komm! Wir wollen ran und fertigmachen! Tod oder Leben, immer muß es Kesselschmiede geben! Der Kessel muß geflickt sein, die Lebendigen müssen weiterschaffen! Wir müssens machen, sonst bezahlt uns keiner etwas für die gearbeiteten Stunden!« Einen Augenblick war ich empört, wollte ihm eine Gemeinheit entgegenschreien, – da besann ich mich: er hatte ja nichts gesehn! Er wußte nicht, was das heißt: »Ein Mann verbrannt!« Er hatte ja die Schreie nicht gehört. Ich sagte: »Es war unerträglich anzuhören, wie der schrie!« – »Es muß schauderhaft gewesen sein!« sagte er bewegt, – »aber es hilft nichts, ran! Noch ein paar Stunden, dann pennen wir eine lange Nacht!«

Seit diesem Feuertod starb etwas in mir und – wurde ein Neues geboren. Als ich wieder arbeitete, schlug ich grelliger als je, haute grimmiger als gestern früh. Es war eine Wonne, an den spitzen Stemmer zu denken, der schmale Furchen in das Blech hineintrieb. Der Stemmer ist Stahl und kein Mensch. Bloß nicht an den Menschen denken, der Mensch brennt. Nach einer Stunde schmeckte mir das Essen vorzüglich, ich hatte tüchtigen Hunger und aß mich satt und voll; dann arbeitete ich noch zwei Tage und Nächte. Als ich am anderen Tag in die Fabrik zum Nachsehen ging, kam ich an der Werkswohnung des Schmierers vorbei. Da stand neben der Haustür das schwarze Kreuz der Toten-Bruderschaft, auf dem in großen, weißen Buchstaben geschrieben stand: »Heute mir – morgen dir!«

Der Kampf um die Ehre

Ein Schulkamerad, der in seinem elterlichen Geschäft die Lehre bestand, kam oft in unsere Werkstatt, um sich Zugformen zum Ziehen von Zierleisten am Verputz der Hausfronten auszuschlagen. In den vielen herbstlichen Regenstunden half er uns bei der Arbeit. Dafür besuchten wir, wenn wir nicht viel Arbeit hatten, seinen Bau. Bei dieser Gelegenheit versuchten auch wir, den Zementmörtel an die Mauer zu Watschen, so wie er und sein Vater es machten.

Das sah so leicht und spielend aus; doch regelmäßig fiel der Mörtel, langsam sich lösend, wieder herunter, Einmal sagte der Helfer Jansen im Vorbeigehen: »Das ahnt ja kein Mensch, wieviel Können dazu gehört! Seht, so macht man das!« Mit dem gleichen spielenden Schwung warf er den Mörtel auf die Steine, daß er klebte. Ich versuchte wohl hundertmal, umsonst. Dann lachte Jansen: »Übung macht Können! Das Können erhöht die Menschen und gibt jedem seine Ehre. Diese Ehre muß man hochhalten!« Einmal den Geruch von Zement und Mörtel in der Nase, wurde ich ihn nicht mehr los. Wie eine Leidenschaft stieg der Ehrgeiz in mir auf, dieses Können zu erwerben. Ich kaufte mir einen Sack Zement und begab mich daran, an unserer Hausmauer die zerbröckelten Stellen auszubessern. Umsonst, es gelang mir nicht, den Schwung herauszubekommen. Endlich wurde es meinem Vater zuviel: »Laß doch die ewige Verputzerei! Uns gelingt nur, was wir aus Eisen machen! Setz du deine Ehre darein, ein tüchtiger Kesselschmied zu werden!«

Einige Wochen lang hatte es gedauert, ehe diese Worte so in mir wirkten, daß ich keinen Maurerehrgeiz mehr spürte und ich mich mit meiner eigenen Arbeit zufrieden gab. Als da eines Mittags der Helfer Jansen in die Werkstatt kam, um einige Schablonen machen zu lassen, kamen wir auch auf das Handwerk zu sprechen. Er beklagte sich bitter, daß er bei den Zünftigen immer noch als Handlanger gelte. Er sei zwar schon 24 Jahre alt, wolle Geselle und Meister werden; das setze er durch, und wenn er Tag und Nacht arbeiten müsse.

Ich sagte ihm, daß ich nicht so ehrgeizig nach Höherem, wie er, sei. Ob in seiner Familie wohl Baumeister und Architekten gewesen waren, daß er davon den Trieb nach Höherem habe. Da sah mich der Mann groß an, schüttelte die Fäuste und sagte: »Ha, weil mein Vater ein Säufer war und ein willensschwacher Mensch, meinst du, darum müsse ich ebenfalls auf der Straße und im Gefängnis enden? Einer meiner Brüder ist ihm nachgeartet. Auch ich habe das wilde Blut, das nach Krachmachen, Großtun, Händelsucht und nach viel Saufenkönnen schlägt. Lumpenehre, nein! Ich will als Arbeitsmann eine Männerehre wiederhaben! Was leisten! Geld verdienen, Meister werden! Dann werden die Leute von mir sagen müssen: »Ja, der Jansen hat bewiesen, daß der Arbeiter auch seine Ehre hat und was aus sich machen kann!«

Diese Worte trafen mich tief in die Seele. Wenn auch mein Vater kein Trinker mehr war, so war er doch ein Prozeßhansel geworden, der seine Ehre und seinen Stolz immer vor den Gerichten ausmachen mußte. Weil sein zweites Wort: »Recht« und sein drittes Wort »Ehre« hieß, darum wurden mir diese Worte zur Pein. Nun bewies mir der Stukkateur Jansen, daß die Worte Recht und Ehre nicht allen Menschen, sondern nur mir krank überliefert waren. Von diesem verachteten Mann konnte ich lernen, das Elend, das mein Vater über die Familie gebracht hatte, zu überwinden.

»Ja, mein Junge«, sagte er, »wir Söhne leiden alle unter den Sünden der Väter. Aber, es ist nicht genug, demütig zu leiden. Wir Söhne müssen die verlorenen Jahre wieder erkämpfen! Junge«, sagte er immer wieder, »der große Haufe, der sich anständig dünkt, glaubt, er dürfe mich bespucken. Ich verteidige mich nicht mit Worten! Ich habe mich vom Schnaps freigemacht, für mich meine Ehre erkämpft, und einmal wird auch die Stadt mich respektieren!«

Es wurde Herbst. An einem trüben Novembernachmittag kam ich an einer Baustelle vorbei und sah einen großen Menschenauflauf: der Neubau war fast zur Hälfte eingefallen. Feuerwehr und Bauleute sperrten mit Gerüstholz und Seilen die Unglücksstätte ab, weil immer noch weitere Mauerteile nachstürzten. Der andauernde Regen hatte den Mörtel nicht trocknen lassen, die Last wurde zu groß und drückte die Mauer aus dem Lot. Ein Mann sei verunglückt. Als ich gehen wollte, sah ich einen Schutzmann in das Wirtshaus nebenan laufen; der hielt das andrängende Volk ab. Sanitäter trugen eine Bahre hinein. Ich hörte, daß ein anderer Mann von einem Lastauto überfahren worden war. Bei einem neuen Regenschauer flüchtete ich mich in das nächste Wirtshaus, da begann ein Zimmermann zu erzählen: »Ja, es ging schon hart auf Mittag zu, die meisten Bauleute waren schon in der Bude, nur ein Stukkateur arbeitete noch an einer letzten Giebelecke. Ein anderer schleppte Mörtel herbei. Auf einmal rannten die Leute heraus, ein schwerer Schlag Steine war auf das Dach der Baubude gefallen. Gleich sahen sie, daß die Giebelspitze einen großen Riß hatte, sie schrien zu den beiden Arbeitenden hinauf. Ehe diese recht verstanden, was die Kollegen wollten, rutschte der obere Teil der Giebelmauer ab. Die beiden rissen die verschobene Leiter zu sich herüber; der jüngere Mann, der schon einige Schritte abgestiegen war, schrie seinem Kollegen zu: »Du hast Weib und Kinder!« und kam wieder herauf. Er hielt die Leiter fest, bis der Ältere hinabgeklettert war. Der Jüngere verschwand durch ein Fenster in den Bau hinein. Jetzt kam die noch stehende Giebelseite ins Rutschen, ein Teil der Front drückte sich mit heraus, und gewaltige Steinmassen schlugen auf das Gerüst. Da häuften sie sich, bis Bretter und Stangen unter der Last zerbrachen. Trotzdem der Ältere schon am zweiten Stock war, verschwand er mit einem Male, Inmitten schlagender Steine und fallender Bretter stand er auf, suchte mit einem Sprung zu entkommen, da krachte der Giebel zusammen und brach bis zum ersten Stock auf die Straße; der Mann wurde von den Steinen zugedeckt. Nun sahen wir nach dem Jüngeren, der stand in einem Fenster und sprang auf den Schutthaufen. Als er hörte, daß sein Kollege unter den Steinen lag, packte er trotz seiner Wunden mit an. Wir fanden den Älteren tot. Der junge Mensch kniete neben ihm, hielt seine zerquetschten Hände und schrie: »Und ich habe dir doch sofort gesagt: schnell, du hast Weib und Kinder, runter! Geh du vor! – Nun bist du doch tot!«

»Aber, du, du bist Junggeselle und lebst noch!« sagte ein Vorarbeiter, machte ein hämisches Gesicht und spuckte auf die Erde.

»Mann! Sagt das nicht noch einmal!« brüllte der junge Kerl, stand auf und sah dem grinsenden Vorarbeiter ins Gesicht, »sagt das nicht noch einmal! Kameraden, das hört sich an, als sei ich schuld an seinem Unglück; glaubt ihr das?« Der Beschuldigte stellte sich preß vor den Beleidiger und hielt ihm die geballten Fäuste vors Gesicht. Langsam sagte er: »Was habt ihr für einen Beweis für solche Verleumdung?« Die Männer stellten sich zwischen die beiden, doch der Vorarbeiter schrie ihm höhnisch zu: »Du lebst und dein Kamerad ist tot! Ich denke, das genügt!« »Kameraden, glaubt ihr das auch?« Nun wandte sich der Beleidigte zu den Umstehenden, faltete die Hände wie bittend zu ihnen: »Glaubt ihr, daß ich das gewollt habe?« Die Handlanger und Maurer redeten ihm zu: »Wir stehen für dich ein, wir glauben dir!«

»Dann muß er zurücknehmen, was er gesagt hat!« rief der Beleidigte und drängte dem Vorarbeiter nach, der schon in der Tür der Baubude stand. Auch einige Maurer sagten: »Zurücknehmen! Ihr könnt nichts beweisen!«

»Aber, er lebt ja noch!« höhnte der Vorarbeiter. Da ging der junge Mann zu der Leiche des Kameraden zurück und sagte: »Freundschaft! Du hast kein Leben und ich keine Ehre mehr!« Er zog sein Messer heraus, öffnete die Klinge und sagte: »Ohne Ehre ist kein Leben!«

»Raus da! Die Polizei kommt!« rief der Vorarbeiter in die Bude hinein; da sah er, wie der Geselle das Messer gegen ihn hob. Entsetzt lief er an den Bauleuten vorbei, der junge Mann mit blanker Klinge hinter ihm her. »Meine Ehre!« schrie er. Die beiden verschwanden um die Straßenecke. Nach kurzer Zeit kam der Vorarbeiter zurück, drückte den Arm vor die Augen und deutete um die Ecke; die Leute rannten hin: unter einem Lastauto zogen sie den zermalmten Gesellen hervor. Sie trugen ihn in die Baubude neben den toten Kameraden. Bald erschien der Sanitätswagen, die Toten wurden weggebracht, der Vorarbeiter war nirgends zu finden!« So schloß der Zimmermann und stieß an die Mütze, als müsse er seinen Kopf entblößen: »Er war ein ganzer Kerl!«

Am andern Tag kam mein Schulkamerad, der Lehrling – er sprach von nichts anderem, als dem Unglück. Ich fragte ihn, warum er so erschüttert sei. Da sah er mich mit großen Augen an und sagte: »Weißt du denn nicht, daß es unser Jansen ist, der unter dem Lastwagen tot blieb? Unser Jansen!«

Nein, das ahnte ich nicht. Als ich nun bedachte, daß er nicht nur einmal, sondern zweimal sein Leben für seine Ehre einsetzte, war es mir, als sei er mir gestorben, um mir zu zeigen, wie heilig ihm sein Wille zur Ehre war. Ich schämte mich so, wie ich mich noch nie geschämt hatte. Auch ich hatte damals diesen Mann für nichts geachtet, wie es alle hochmütigen Dummköpfe getan. Ich warf mich an den Hals meines Freundes und weinte. Am nächsten Tag gingen wir hinter seiner Leiche. Am Grab sagte der Priester zuerst die lateinischen und dann die deutschen Gebete. Als er das Vaterunser für denjenigen für uns betete, der dem Toten zuerst in die Ewigkeit nachfolgen würde, war alles aus. Ich war maßlos enttäuscht, daß kein Handwerksmann über diesen Toten sprach, der als guter Kamerad und treuer Mensch sein Leben für den Arbeitsbruder eingesetzt und dann für seine Ehre den Tod litt. Mir war, als müßten jetzt Soldaten Gewehre abschießen, es müßte die Musik einen Trauermarsch spielen. Auf dieses Grab gehörte ein Denkmal hin, ein ewiges Zeichen der Erinnerung. Lange noch mußte ich an ihn denken. Wenn ich abends im Bett lag und auf die Wand starrte, teilte sie sich, aus dem Gestein stieg seine Gestalt. Sein Geist wanderte mit mir zur Arbeit, er zog durch die Mauern der Häuser und Fabriken; wenn ich einmal ausruhend vor mich hinsah und mein Blick eine Steinmauer traf, erschien er mir gleich in Gestalt und Gesicht, wie er gelebt und gerungen. Seine guten Augen sahen mich an, als wollten sie sagen: »Halte du der Kameradschaft die Treue, und über alles die Ehre!«

Haut ihn!

Schlimme Menschen gibt es in allen Ständen und Berufen. Tippelnde Kunden halten sich im Vorübergehen manchen dieser Sorte vom Leibe; doch den Herbergsvätern und Penne-Boßen können sie nicht immer aus dem Wege gehen. Es gibt prachtvolle Herbergsväter; das größte Ekel aber trafen wir in der Herberge eines kleinen bayerischen Städtchens, in dem wir eines Samstagnachmittags ankamen. Noch nie im Leben aß ich von einem so zerkratzten Tonteller so schlecht geröstete Kartoffeln, noch nirgends gab es so dünnen Kaffee. Das größte Unglück war, daß an dem Tage der Regen ununterbrochen wie mit Eimern vom Himmel goß. Wir saßen stumm in der Stube, durften nicht länger Kartenspielen, weil bei jedem lauten Wort der Kerl den Kopf durch das kleine Fenster hereinsteckte und brüllte: »Ruhe! Sonst lasse ich euch von der Polizei herausschmeißen!« Wer noch einen Groschen zu verzehren hatte, schlich sich durch die Wolkenbrüche in ein Gasthaus. Nur wir ganz armen Teufel konnten nicht fort. Wir dösten, den Kopf auf den Armen, über den Tisch geworfen; auch das ärgerte den grimmigen Patron. Er schickte das Dienstmädchen, um die Tische abzuwaschen: das arme Fraumensch mußte viel häßliche Reden anhören. Wir wollten sie hinausekeln. »Gebt euch kei Müh!« sagte sie. »Ihr mit euer zehn Mann schimpft auf einen Tag nit so viel hart zusammen, als ich's von einem in einer Stund hören muß. Ein Unglück ist er, der Herr!« Das »Unglück« sah aber gar nicht unglücklich aus; es war groß und breit wie ein Münchener Bierfahrer, aber vom vielen Essen und faulen Leben aufgeschwemmt. Er saß in der Küche, genau vor dem Mauerloch, durch welches die Speisen hineingereicht wurden, und lauerte auf jedes Wort und jede Bewegung.

Wenn die Kunden nichts verzehrten, war er böse, weil er nichts einkassieren konnte; wenn sie etwas bestellten, geriet er in Grimm, weil sie ihn wegen der paar Pfennige in »seiner Ruh« störten. Wenn wir uns unterhielten, so verbot er uns diese staatsgefährlichen und gotteslästerlichen Reden, denn er war schwerhörig und darum mißtrauisch. Schwiegen wir aber, dann argwöhnte er, wir flüsterten über ihn und hielten ihn zum besten. Weder Bursch noch Köchin, Magd noch Kunde konnte es ihm recht tun. Jetzt befahl er der Magd, alle Fenster aufzumachen und sie zu putzen. Wir heulten vor

Kälte wie die Hunde. Die Magd plagte sich mit allen Kräften. Da beschlossen wir, den Grobian zu bestrafen. Zuerst ärgerten wir ihn mit Singen. Zweimal schoß er aus der Küche her, beim drittenmal kam er mit einem Polizeimann. Nach vielem Hin- und Herreden bekamen beide Parteien recht: singen durften wir, aber keine unheiligen Lieder. So gröhlten wir zu seinem Ärger alle Kinderreime herunter, von »Hänschen klein« bis »Üb immer Treu und Redlichkeit«. Das letztere sangen wir zehnmal hintereinander. Er faßte dies als eine Beleidigung auf; wir hörten, daß er wieder zum Schutzmann schickte. Der aber kam nicht. Daraufhin schrie er dreimal: »Aufhören oder raus! Raus! Raus! Hausfriedensbruch!« So war es auch schon Bettzeit geworden und so ging der Abend um, ohne daß der Grobian seine verdiente Strafe bekommen hätte.

Trotzdem es am Sonntag immer noch regnete, hieben zuerst alle ab. Wir sechs verschworen uns auf Rache und kehrten bald zurück. Wir saßen steif und dumm um den Tisch und warteten auf einen guten Einfall. Köchin und Magd waren gegen elf Uhr mit dem Essen schon fertig, sie verließen für kurze Zeit das Haus. Nur er, den wir jetzt Vater Grausam nannten, blieb zurück. Wären wir nicht dagewesen, hätt auch er »sei Ruh« gehabt. Wir sorgten, daß er wach blieb: alle fünf Minuten ließen wir unvermittelt ein großes Gebrüll erschallen. Vater Grausam erschien, wir Unschuldsengel saßen mausstill. Schnaufend vor Zorn lauerte er zu uns in die Stube hinein, er rutschte ungeduldig auf seinem Stuhl und knurrte. Unser Schweigen steigerte seine Wut. Sein Kopf schob sich immer tiefer ins Mauerloch hinein. Der Rahmen machte aus seiner krankhaft verzerrten Fratze ein scheußliches Bild. Unerträglich war dies lebendige Kunstwerk anzusehen. »Hochmut kommt vor dem Fall!« sagte der Westfale, »jetzt sollt ihr mal sehen, wie schnell er verschwindet!« Er stand auf und ging. Vater Grausam sah ihm nach. Mit schiefem Kopf lusterte er hinter seinem Schritt her. Als er die Hoftür klatschen hörte, schössen seine Augen wieder argwöhnisch zu uns hin. Der Hesse ging dem Westfalen nach, der Kopf des Alten drehte sich wie eine Teufelsfratze im Wachsfigurenkabinett. Da kam der Westfale schon wieder zurück: schwupps, sauste der Kopf wieder zu uns hin. Nun flüsterte der Westfale geheimnisvoll, machte komische Handbewegungen, da ruckte der Stuhl unter unserem Beobachter und nun erschien er in der Tür: »Verschwörerbande!

Habts ein Komplott gegen Anstand und Moral? Ich treib euch eure Heimlichkeiten aus!« Er kam auf uns zu, und plötzlich machte er kehrt: Schritte im Flur, der Stubenschlüssel wurde von außen umgedreht, in der Küche polterte ein Stuhl um, ein Blechtopf klapperte auf den Fliesen, brüllend vor Wut fuhr der Dicke auf die Tür los, fand sie verschlossen. Da steckte er den Kopf in den Rahmen des kleinen Fensters hinein, zwängte seinen breiten Buckel in die Küche und schrie: »Luders! Verdammte! Laßt mein Bier stehen! Ach, macht's doch raus!« Das Mauerloch war mit seinem dicken Rücken vollständig ausgefüllt. Da sahen wir, wie die Jacke des Dicken ganz zur Küche hineingezogen wurde. Wir gingen näher zu dem strampelnden, brüllenden Kerl; er sträubte sich und wurde doch in die Küche hineingezogen. Seine Stimme klang nur noch erstickt heraus. Schon schnappte der Schlüssel, der Hesse stieß die Tür auf und sagte: »Jungs, jetzt sitzt er fest! Haut ihn!« Zwei Mann hielten ihn beim Kopf. Der Hesse verschwand wieder in der Küche. Der Westfale schob eine Bank vor die strampelnden Beine und quetschte sie an die Wand. Jetzt lag der glattgespannte, unförmig rundende Hosenboden vor uns. »Freier Zuschlag!« sagte der Westfale und klatschte ihm eins auf die Speckseite. Aus der Küche schrie der Hesse: »Haut ihn!« Nun gab es ein regelrechtes Schinkenklopfen auf das hintere Quartier des Grobians. Er konnte nicht voran noch zurück. Vier flachgestreckte Kundenhände pfefferten auf den Speck, verdroschen ihn trotz seines Schreiens, bis wir glaubten, daß der Denkzettel seines Hosenbodens nun genügend beschrieben war. Da kam der Hesse zu uns und sagte: »Jetzt halt einer von euch dem Vater Grausam den Kopf fest, – von mir hat er noch nichts bekommen!« Zwei Mann flitzten in die Küche und der Hesse klopfte ihm zwei zu fünfzehn. »Was nun?« sagte er. Da stand auf einmal der Polizist in der Tür: »Was gibt's da zu lachen?« Wir wußten gar nicht, daß wir gelacht hatten, jetzt erst brach ein tolles Gelächter los. »Na, wen haben Sie denn da im Fenster hängen?« frug er erstaunt und schlug die Hände zusammen. »Ja mein, der Herr Vater! Wozu das?«

»Er hat gewettet, er könnt von der Stube durchs Rähmchen in die Küche kriechen«, sagte der Hesse. »Herr Schutzmann, der Vater wollte unsern Spott nicht auf sich sitzen lassen, daß er so steif und unbeholfen wie ein Mehlsack sei; und da haben wir ihm den Hechtsprung durch das Fenster vorgemacht. Nun wollte er es uns nachmachen, – sehen Sie selbst, er blieb mit seinem dicken Bauch stecken! Und nun müssen wir ihn herausziehen!«

»Gelogen! Gelogen!« schrie der Geprügelte, »durchgezogen haben sie mich!«

»Herr Wachtmeister! Er schämt sich seines dummen Streiches!« protestierte der Westfale. »Er ist zu uns in die Stube gekommen, sonst hätten seine Füße doch in der Küche sein müssen und sein Kopf hier in der Stube. Nein, er schämt sich jetzt, er sagt's nur so, wir waren alle in der Stube und er wollte durch das Fenster in die Küche, – so ist es!«

»Na, dann wollen wir ihn erst einmal herausziehen! Packt an, Jungens!« sagte der Beamte mit seiner geistesgegenwärtigen Fachkenntnis. Wir zogen und packten kräftig genug zu, damit der zu Befreiende auch merkte, daß wir ihm halfen. Endlich stand er draußen, stumm vor Wut, mit den Fäusten schüttelnd, dann rasselte es aus seinem Mund: »Verhaften! Verhaften! Geschlagen haben sie mich, schwer hinten drauf! Fürchterlich haben sie geschlagen. Braun und blau bin ich geworden!« Er zerrte den Beamten mit in die Küche, wir standen für einen Augenblick dumm da. Der Westfale horchte in die Küche hinein und schrie: »Sachen schnappen! Raus!« Wir rannten zu unseren Brocken an der Wand, prallten vor der Tür zurück, sie war von außen verschlossen worden, – wir waren gefangen.

Was nun? Die Fenster waren vergittert, doch der kleine Hesse zwang sich durch und sprang in den Hof, kam zurück, schloß auf, sah in der Küchentür den Schlüssel stecken, schwupp, drehte er den um, und nun saßen die beiden fest. Der Schutzmann polterte, der Herbergsvater schrie: »Aufmachen im Namen des Gesetzes!« Wir zogen ab, auf die Straße; über uns riß der wütende »Vater« das Fenster auf, verzog sich aber wieder, als er die Masse der Kirchgänger sah. Wir lachten ihm in die wutverzerrte Fratze hinein und verschwanden in der Volksmenge, um uns weit hinterm Dorf in einer Feldscheune wiederzutreffen.

Der Wald siegt

In meiner rheinischen Heimat stand ein Bursche vor dem Richter: Arbeitsloser auf Tippelei. Die Umstände verlangten, daß er zu sechs Wochen Gefängnis verurteilt werden mußte. Der Angeklagte wendete nichts gegen die Höhe der Strafe ein: nur wollte er sie nicht jetzt, sondern im Winter abbüßen. Mit heiligem Ernst begann der Junge von seiner Wanderfahrt zu erzählen. Schon bei den ersten Worten hob der Vorsitzende abwehrend die Hände – dann hörte er einen Ton heraus, der nicht nur ihn, sondern auch die anderen Amtspersonen zwang, vorläufig einmal zuzuhören. Ganz gegen ihre Gewohnheit schauten sie vor sich hin; aus dem Munde des Jungen sprachen die deutschen Landschaften mit Bergwäldern und Stromwiesen in solch bezwingender Kraft, daß auch der gefüllte Zuhörerraum ergriffen lauschte. Es war ihnen allen, als ob der junge Mensch aus einer fremden Märchenwelt, aus einem Zauberreich käme, in dem nur Begnadete Heimatrecht haben. Er sprach von den schlesischen Wälder, vom Schwarzwald und vom Spessart, doch der Klang dieser Stimme weckte in den Seelen Sehnsucht und Heimweh in die Freiheit. Als er nun vom Rhein sprach und von der goldenen Abendstunde in einem stillen Dörfchen, da ahnten alle Zuhörer, daß ihnen die rheinische Heimat erst jetzt ihre Offenbarung geben wollte. Mit angehaltenem Atem warteten sie auf das erlösende und beseligende Wort; plötzlich zuckten sie zusammen wie unter einem Peitschenschlag: »Da kam der Schutzmann und verhaftete mich ...«

In einem großen Aufatmen schüttelten sie den Bann von sich. Der Richter wandte den Kopf zum Fenster hin; war es nicht, als ob der Wald zornrauschend ins Siebengebirge zurückwich? War die Luft nicht noch vor ein paar Sekunden mit Tannenduft und Vogelsang erfüllt? Sahen nicht die neugierigen Eichhörnchen mit blitzenden Augen umher? Wo war nun Deutschland, wo waren die schweigenden Wälder, wo die Täler und Hügel und wo die grüne Heimat der deutschen Seele?

Der Richter sah in die Akten – er hatte immer noch den grüngoldenen Traum vom Wald in den Augen. Er suchte im deutschen bürgerlichen Gesetzbuch die Paragraphen, nach denen der Sünder verurteilt werden mußte. Solange er blätterte, hörte er den Wald rauschen; die mit Buchstaben bedeckten Seiten wurden zum Waldboden. Auch die Zuhörer harrten, in sich gekehrt, ob der Junge nicht mit seinem Zauberwort die Vögel in ihrem Herzen von neuem zum Singen bringe.

Der Kläger bat ums Wort. Der Richter nickte ihm zu. Leise begann der biedere Meister von seinen jungen Jahren zu sprechen; daß er auch einmal durch das deutsche Vaterland gewandert und die Heimaterde entdeckt habe. Das habe er dreißig Jahre lang vergessen, aber nun ... Er wolle nicht nur die Klage, zurückziehen, er fühle sich nicht mehr geschädigt, sondern beschenkt, er wolle den Jungen beschäftigen und dann für seine weitere Fahrt versorgen.

Der Richter verbat sich die Beifallskundgebungen nach dem Freispruch nicht. Jetzt klappte er das Gesetzbuch zu. Der deutsche Wald in der deutschen Seele hatte gesiegt.

Im Pulsschlag der Maschinen

Dank dir, Schicksal!

Dank dir, Schicksal, daß du in meine Hände einen Hammer gabst!

Die Erde hat Berge in den Himmel getürmt; aber du, mein Hammer, hast Tunnels durch sie hingeschlagen. Sie hat Ströme hinfließen lassen durch die Länder: aber du, mein Hammer, hast Brücken darüber genietet.

Sie hat das Meer zwischen Länder und Völker gelegt: aber du, mein Hammer, hast Schiffe gebaut!

Und die Fernen sind unermeßlich, Sümpfe, Seen und Flüsse halten die Wandernden auf: aber du, mein Hammer, hast die Eisenwege der Schienen auf die Erde gelegt, auf gewalzte Schwellen, gelascht und verschraubt aneinander, daß Mensch zu Mensch, daß Werk zu Werk, daß Volk zu Volk kann.

Nun stehen in den runden Schuppen an den Bahnhöfen die stählernen Lokomotiven, Kessel und Maschine eins, Feuer und Wasser, Dampf und Drehung, Mensch und Werk in eins: du Hammer, aus hundert und aber hundert Arbeiterhänden hast du sie aufgebaut! Und ihr, Eisenbahnwagen, Kammern der Ungeduld und Erwartung, seid geschaffen worden von arbeitenden Brüdern: daß einst alle Fernsüchtigen glücklich reisen zu ihrem Ziel!

Dank dir, Schicksal, daß du in meine Hände einen Hammer gabst und daß ich mich vor euch, ihr hämmernden Brüder, nicht zu schämen brauche. Aber jetzt, Schmied, hämmere!

Es ist Montagmorgen! Hämmere noch eine Woche. Dann sind: Ferien! Dann reisen wir! Mit vielen anderen Kameraden haben wir uns zusammengetan, wir wollen einmal die Welt sehen! Einmal reisen! Nicht, wie sonst, zu einem Krankenbett, zu einem Begräbnis, nicht zu Montage und Arbeit! Als Mensch reisen, in die Natur hinein, die unsere wahre Heimat ist. Als arbeitender Mensch, der alle die Dinge geschaffen hat, die das Leben begehrenswert machen: Bequemlichkeit, Dienst, Straße, Brücke, Bahnen, Schiffe. Einen Blick zu tun in die großen nordischen Städte.

Zu begrüßen die anderen Kameraden, die Werke, die sie geschaffen, zu besichtigen. Sie in ihren Wohnungen zu besuchen, ihre Frauen und Kinder zu sehen, sie zu grüßen von den Arbeitsbrüdern im Westen.

O diese Freude! Im Hamburger Hafen umherzufahren; die großen Ozeandampfer liegen an den Lagerhäusern, von Ostasien kommen sie und Australien, von Amerika und Indien, von Norwegen und Spanien. Und unter den gewaltigen Kränen und Schiffsneubauten zu sehen, das Rauschen der tausendfach hämmernden Nietarbeit zu hören, das dumpfe Brausen der Heulhörner, wenn die Schiffe ein- und ausfahren. Den Verkehr auf der Elbe, die Güterhallen, die Kräne, das Ein- und Ausladen der Waren aus aller Welt zu sehen! Und zu wissen: Das, Arbeiter, ist dein Werk! Und dann, und dann, und dann: Das Meer! Die Nordsee! Die Flut! Das ewig lebende, bebende Wasser, die rollenden Wogen, die weißglühenden Dünen, der strahlende Himmel und das ungehemmt flutende, glutende Sonnenlicht über allen wogenden, tanzenden, rauschenden Wassern!

O Meer! Ewige Sehnsucht! Drei Tage gehören dir! Deiner Unendlichkeit, deiner Einsamkeit, deinem Sturmgesang, deiner alles umarmenden Brüderlichkeit gebe ich mich hin.

Alles in deiner Hand! Finsternis, Versinken, Tod, Spiel, Tanz, Freude. In meinen Jubelschrei gellt der Möwenpfiff: Leben! Leben!

Du kommst her von den Erdpolen, von Arktis und Antarktis, von den blühenden Koralleninseln sendest du die Ströme aus den Ozeanen, mich zu grüßen von allen Gestaden; du sendest vom sandigen Grund Tang und Muscheln zum Gruß, aus den Lüften Sturmvögel, Seeadler und Möwen.

Ich komme vom Industrieland an Rhein und Ruhr und aus dreißig Jahren sind nur drei Tage mein, und ich kann nur drei Tage deine Grüße aufnehmen, drei Tage hören auf deinen Gesang, gewaltiger Vater Ozean! Nimm deinen im Werktag verlorenen Sohn; inniger presse mich an dich, den ärmsten aller Erdensöhne! Inniger küssest du mich mit dem Kuß des großen Vaters, wandelst mich vom Schmied zum Bruder von Möwe und Delphin.

Hämmere, mein Hammer, härter hernieder! Prasselt, ihr Schläge, bebenden Schwungs, holt mir das Meer, das funkelnde Meer, die weißen Dünen, die rollenden Wogen in meine dunkle Schmiede, holt mir den Strand, die Möwen, holt mir die Erde und all ihre Städte her, mit allen Menschen und Schiffen, nahen und fernen Zonen!

O laß mich hämmern, hämmern, zu schmieden eine Brücke, vom Amboß zur Erde, vom Feuer zum Meer, vom Menschen zur Welt!

Laß mich hämmern! Klinge hinaus, schlagender Schall, Gebet meiner Arme! Daß mein Leib gesund bleibe und stark mein Arm! Daß ich hämmern kann dir, mein Leben, schöne Freude, mir und der Welt zu schmieden, hart und blank wie Stahl! Daß ich dir danken kann, mein Schicksal, daß du in meine Hände einen Hammer gabst!

Als Feuermann im Kesselhaus

Acht Dampfkessel liegen im Heizraum Eins. Acht Zweiflammrohrkessel von hundertzwanzig Quadratmeter Heizfläche und zwölf Atmosphären Überdruck. Jeder ist für sich eingemauert, drei Meter hoch, drei Meter breit.

Schön sieht es aus: das ziegelrote Mauerwerk mit den weiß abgesetzten Mörtelfugen. Zwischen jedem Kessel ist ein halber Meter freier Raum. Die Kessel sind ganz vom Mauerwerk umschlossen; die Stirnwand ist mit einem schwarzen Wärmeschutz verkleidet, aus der die Stutzen des Wasserstandsapparates, des Speise- und Rückschlagventils hervorstehen. In der Tiefe sieht man noch den Vorsatzkasten des Mannlochdeckels mit den anderthalbzollstarken Schrauben.

Die Flammrohre, zwei in jedem Kessel, liegen, ein Meter groß von Durchmesser, nebeneinander in die Zweieinhalbmeterrundung des Kessels eingebaut. In der oberen Hälfte des Flammrohrs sind, in der Mitte geteilt, die Feuertüren; sie schlagen nach rechts und links auf, und hinter ihnen saust die Flamme aus den handhoch ausgebreiteten Kohlen. Unter den Feuertüren sind die Luftklappen, die nur selten geöffnet werden; in die innere Klappe führt ein Gußstutzen, der aus der Erde kommt. Durch diesen fußgroßen Rohrbogen saust vom Evaporator her ein Luftstrom unter den Rost und läßt die Kohlen mit größerer Energie verbrennen. Der Lärm ist so groß, daß man sein eigenes Wort nicht versteht.

An der Wand vor den Kesseln sind zwischen eisernen Platten die Kohlen geschichtet. Der Raum zwischen Kohle und Kessel ist knapp zwei Meter, gerade weit und schmal genug, um die Kohle mit der Schaufel zu packen und auf die Feuer zu schleudern.

Über alle Kessel hin läuft, hart überm Mauerwerk, ein vier Zoll dickes Rohr; zu jedem Kessel führt, in schlankem Bogen, eine Abzweigung zum Speiseventil. Durch dieses Rohr wird dem Kessel das schon kochendheiße Speisewasser zugeführt. Eine Druckpumpe preßt es zuerst durch ein hundertfältiges Röhrensystem, Ecconomyser, der in den Feuerzug eingebaut ist. In den Röhren erhitzt sich das Wasser auf hundert Grad; die so ausgenützten Rauchgase entweichen erst dann in den Schornstein. Der Raum über den Kesseln ist hoch und dunkel, man sieht nur das Trägergewirr der Binder, die das Wellblechdach tragen. Vom Dampfdom eines jeden Kessels führen fußdicke, umhüllte Dampfrohre zu einem langen, über alle acht Kessel reichenden Eisengefäß, dem Dampfhammer, hin. Aller Dampf aus allen Kesseln strömt in dieses Gefäß, in ihm sind alle Kessel so miteinander verbunden, daß sie immer gleichen Dampfdruck haben. Vom Sammler aus gehen auch die vielen kleinen Rohrleitungen für direkten Dampfverbrauch in die Einzelbetriebe. Das große Rohr in der Mitte führt durch die Überhitzer in die Dampfturbine, die, elektrischen Strom zu erzeugen, ein großes Dynamo treibt.

Neunhundertsechzig Quadratmeter Heizfläche werden von uns zwei Feuermännern bedient; ein Kohlenfahrer ist uns zur Hilfe beigegeben.

Es ist kurz vor der Mittagspause, die Feuer sind hochgestocht, der Dampf hat die höchste zulässige Spannung erreicht. Auf allen acht Manometern, Druckmessern, die kupferblank und glasklar mit den scharfgezeichneten Ziffern leuchten, stehen die Zeiger auf der zwölf, über die ein roter Strich, die Marke, gezogen ist.

In dem Augenblick, in dem die Maschinen in den Betrieben abstellen, erhöht sich der Dampfdruck in den Kesseln. Kaum merklich sind die Zeiger vorgerückt, gleich blasen auch schon die Doppelsicherheitsventile den überschüssigen Dampf ab. Das Brausen der Evaporatoren wird überströmt von dem Geräusch des entweichenden Dampfes.

Wir warten auf den Glockenschlag. Der Kohlenfahrer geht in den Pumpenraum. Durch die offene Tür sieht er auf die Uhr. Wenn es genau zwölf Uhr ist, hängt er die Hand an den Griff und zieht den Hahn des Heulhorns. Polternd fährt der Dampf in die senkrecht führende Röhre, die über dem Dach das Heulhorn trägt; – zuerst ein unartikuliertes Fauchen, heiseres Brüllen, hustendes Brodeln, dann langsam in hohlem, immer voller werdenden Ton brummt das eiserne, glockenartige Dampfinstrument. Gleichzeitig erklingen schrill, vom Maschinenraum aus, die einzelnen Signale, klingeln in allen Tonarten in alle Nebenbetriebe, die Maschinen lassen im Rasen einige hundert Touren nach, rollen müde aus und stehen bald still.

In Scharen drängen die Arbeiter aus den Türen; wenn sie an der Heizraumtür vorbeikommen, so schauen sie einen Augenblick hinein. Jeden Mittag sehen sie dasselbe: Die Evaporatoren werden abgestellt, wohlige Ruhe tritt ein. Wir beiden Heizer und der Kohlenfahrer stehen bereit. Jeder hat eine vier Meter lange Stange aufrecht vor sich, einen Lappen um die linke Faust gewickelt. Mit der Rechten reißen wir die Feuertüren auf, fassen mit beiden Händen die Stange, an deren Ende eine fußlange, handbreite Eisenplatte befestigt ist.

Mit dieser Platte werden die nun ausgeflammten Glutmassen nach hinten, ans Ende der Roste, geschoben. Dort häufen sie sich an, während der Rest auf dem Rost verbleibt, die ausgebrannte Schlacke, die aber noch weißglühend ist. Unsere Kratzenstange wird von der Glut so heiß, daß der Lappen in der linken Hand zu schwelen anfängt; immer her und hin, vor und zurück, über den zwei Meter tiefen Rost muß zehn- und fünfzehnmal die Kratze fahren, von der energischen linken Paust niedergedrückt, von der stoßenden Rechten geschoben.

Der Feuermann muß immer wieder das Gesicht in die Glut hineinhalten, um nachzusehen, ob auch alle Kohle von der Schlacke fort ist. Dann kneifen sich die Augen zu einem winzigen Spalt zusammen, die Brauen verdecken das fast versengte Lid, die Backen ziehen sich über dem Jochbein vor das untere Auge, der Mund ist mit den eingekniffenen Lippen eine zahnlose Höhlung, die Zunge selbst zieht sich vor der ausstrahlenden Glut bis in den Hals zurück. Indessen vollführen die Arme die zwei Meter tiefen Stöße, die Beine stehen gespannt, der Oberkörper im rechten Winkel gehalten; der Schweiß beginnt zu rinnen. Da! mit einem heftigen Ruck fliegt die Kratze heraus, für eine Sekunde stehen wir grade und aufrecht, aber schon im nächsten Augenblick greifen wir zur nächsten Feuertür, zum nächsten Flammrohr.

Fünf solcher Feuer muß jeder von uns bedienen, – fünfmal hintereinander rissen wir die Türen auf, fünfmal bricht die Kratze in die Glutmasse, bis wir sie, am Ende der Feuerreihe, weißglühend zur Seite schleudern.

An jedem dritten Kessel steht anderes Gerät zurecht: die Stange oder der Spieß. Vier Meter lang, anderthalb Zoll stark, achtundzwanzig Kilo Gewicht; er ist am vorderen Ende angespitzt, am anderen Ende zu einem Handgriff rundgebogen. Wieder packt die Rechte den Griff, diesmal wird die Spitze hart über den Roststäben unter die Schlacke gerammt, die erkaltet, zusammengebacken, aufgebrochen werden muß. Wir springen mit dem Gewicht unserer Leiber auf den Hebel der Stange, drücken nieder, heben, hämmern, bis die zähe Schlackenkruste zerbrochen, in Stücke zerstoßen ist.

Tief am Ende des Rostes, vor dem zusammengeschobenen Gluthaufen, backt sie noch zäher zusammen; mit gewaltigeren, vorher eräugten, dann genau gezielten Stößen wird die letzte Kruste abgelöst und umgekehrt.

Vom ersten bis zum dritten Kessel geht genau dieselbe Arbeit weiter, – wir hängen, alle drei Mann, auf dem Spieß, stoßen vor, reißen zurück, biegen wieder den Oberkörper zum rechten Winkel, mit breitgestemmten Beinen, mit wutverzerrten Gesichtern. Da wird die Schlacke zum persönlichen Feind, den Flüche aus atemloser Lunge treffen ...

Türen auf! Türen zu! Nun verbrennen die letzten Reste der Kohle zwischen Rost und Schlacke. Wir ziehen Schweißtücher aus dem Gürtel. Jeder reibt und wischt den juckenden Schweiß von der dünstenden Haut. Nun ran, mit den Schultern ruckend, mit den Händen die gerutschte Hose aufziehend, greifen wir zum ersten Werkzeug, zur Feuerkratze, zurück und gehen ans erste Feuer.

Jetzt können wir getrost in das Flammrohr hineinsehen, nur am Ende des Rostes glüht die Kohle. Die Kratze wird hoch an der Decke des Feuerrohres hineingeschoben, in die Schlacke gesenkt und nun reißt der Arm die kalte Schlacke voran, heraus aus dem Rohr. Sie poltert in brechenden Brocken vor unsere Füße; die Stücke sind immer noch glutig.

Manchmal ist die glühende Schlacke wie ein Kuchen zusammengebacken, liegt quer und klemmt sich fest. Ob sie hart ist wie Beton und zäh wie Gummi, sie muß mit Stößen und Schlägen zerbrochen werden. Bis hinten an den Feuerhaufen fährt die Kratze, den letzten Rest hinauszufegen, einmal, zweimal, fünfmal hintereinander.

Vor den Rohren liegen nun die grauen Haufen des toten Feuers, die Schlacke. Wieder von neuem, ohne Pause, geht die Arbeit weiter. Diesmal muß die hinten aufgehäufte Glut wieder nach vorne gezogen, über die ganze Rostfläche verteilt werden. Jetzt grellt in unsere Gesichter wieder die Glut, näher kommt das Feuer, die verkniffenen Augen müssen immer hineinsehen, bis das Feuer über den ganzen Rost verteilt ist. Tür auf! Tür zu! Tür auf! Tür zu! Die Evaporatoren sind neu eingestellt und vollführen wieder das laufende Gedröhne. Die schweren Gußeisentüren knallen ans Geschränk und versperren der Luft den ungehemmten Zutritt. Die Feuermänner greifen zu den Kohlenschaufeln: Tür auf! Die Schaufel fegt in die Kohle, mit schwebendem Schwung zielen die Arme auf das Glutloch, in flacher Flugbahn gleiten die Stücke an der oberen Wölbung des Flammrohrs vorbei, senken sich auf die Glut, und prasselnd schlägt die Flamme. Schaufel auf Schaufel wird verteilt; nicht in einzelnen Haufen, sondern gespreitet flach, über die feurige Decke, damit sogleich die Verbrennung ohne überflüssigen Qualm beginnen kann. Würden die Kohlen auf Haufen oder zu dick liegen, dann entwickelte sich im Übermaß Rauch, der nicht von der Glut sogleich verbrannt wird. Unverbrannter Rauch aber ist verschwendete Kohle, ist vergeudete Arbeit. Kaum handhoch deckt die frische Kohle die Glut, knatternd fährt die Flamme an den Rändern der schwarzen Decke, den Rauch zu verzehren; jetzt glüht der ganze Raum in rötlichem Licht. Aber unsere Gesichter sind wieder gelassen und ohne Krampf. An allen Kesseln gleichzeitig ist die Arbeit beendet, an allen Manometern ist der Zeiger von der signalroten Zwölf auf zehn gesunken. Immer wieder prüfend schauen wir auf das Manometer, der Zeiger steigt nur ganz langsam, denn die Turbine hat nicht zu laufen aufgehört, sie erzeugt weiterhin Strom, der in die Akkumulatoren geleitet wird.

Bis zum neuen Arbeitsanfang ist nur eine Viertelstunde Zeit; in einer Viertelstunde muß der Dampf beigeholt werden: Tür auf! Tür zu! Kohle auf die Glut, immer wieder von vorn gehen wir mit den schwingenden Schaufeln von Tür zu Tür, von Feuer zu Feuer.

Der alte Zustand ist wieder hergestellt, die Feuer sind in Ordnung, der Dampf wieder nahe der Zwölf. Wir prüfen einen Augenblick, fegen den Schweiß vom Gesicht, trinken einen Schluck aus dem Kaffeetopf. Wir setzen uns für einen Augenblick auf die kleine Holzkiste, in der sich das notwendige Werkzeug befindet, wir wischen immerzu den Schweiß vom Gesicht. Wir ruhen aus, die Ellenbogen auf die Knie gestützt, die schwarzen Hände sind blankgescheuert, wie poliert von der gleitenden, glühendheißen Stange. Wir ruhen aus, während der Kohlenfahrer den Strahlschlauch an die Wasserleitung anschließt und die Schlackenhaufen ablöscht; weiß fährt in aufbrechender Wolke der Qualm hoch, zischend siedet das Wasser. Unsere Gesichter brennen immer noch, immer noch bricht der Schweiß aus. Auf den Schultern des Hemdes liegt der Schweiß aufgetrocknet in weißen Salzkristallen auf dem blauen Leinen: Edelweiß, das nur auf den Bergen von Arbeit blüht.

Der Kohlenfahrer lädt die Schlacke in den Karren und schiebt sie hinaus. Wir gehen in gemächlichem Trott von Feuer zu Feuer. Zwischendurch setzen wir uns auf die Kiste, nehmen den Henkelmann auf die Knie und verzehren den Rest Essen vom Mittag. Erst wenn der Kohlenfahrer die Schlacken weggefahren und neue Kohlen in die Hürden geworfen hat, wird auch ihm eine Pause, in der er essen kann. Nachher geht er zum ersten Kessel, stellt den Evaporator ab und öffnet die Luftklappe unter der Feuertür. Dann holt er die Asche aus dem Rohr unterhalb des Rostes heraus, feine, stäubende Asche, eine Schubkarre voll aus jedem Rohr. Und immer wieder fährt er Kohle an, immer wieder Kohle; zwischendurch nimmt er den schweren Besen aus Stahldraht und fegt: Kohle zur Kohle, Asche zur Asche. Sauber liegt der Raum zwischen Feuertüren und Kohlenhaufen; wir gehen von Feuer zu Feuer, schauen nach dem Wasserstand, öffnen die Hähne, lassen den angesammelten Schlamm aus den Schaugläsern abblasen, Dampf und Wasser zischt in milchweißem Strahl auf die Eisenplatte vor den Feuertüren.

Drei, vier Zentimeter über der niedrigsten Marke steht der Spiegel des Wasserstandes auch im Kessel: zwei Handbreit Wasser bis über den Flammrohren. Zehn Meter lang schlagen die glutheißen Gase am Dampfkessel vorbei, werden von Schornsteinzug und Evaporatordruck um die Eisenplatten geworfen und erhitzen das Wasser über dem Siedepunkt. Dampf steigt in den Hohlraum, Dampf in den Sammler, Dampf gespannt zu zwölf Atmosphären: das ist ein Kilo Druck auf einen Quadratzentimeter Kesselfläche. Hundertzwanzig Quadratmeter hat ein Kessel, das sind eine Million vierhunderttausend Kilo in einem Kessel und auf acht Kessel sind das elf Millionen fünfhundertzwanzigtausend Kilo Druck.

Die Dampfmaschine erzeugt an neunhundert Pferdestärken, übersetzt die Kraft auf Transmissionen und Maschinen, erzeugt Strom in tausenden Kilowatt und verbraucht dafür sechs Eisenbahnwaggons auf zwölf Stunden. Acht Dampfkessel, zwei Heizer und ein Kohlenfahrer: Wir sind das Kesselhaus, wir sind das Herz der Fabrik ...

Der kleine Maschinist

Ein berühmter Sänger, der mit Gastspielen die Opernhäuser füllte, beglückte durch seine große Stimme selbst die Theaterarbeiter, denen die Kunst bei ihrer Arbeit oder dem Ausruhen nicht mehr wie störende Geräusche geworden waren. Heute aber mußte sogar der kleine Maschinist, der das Licht und die Motore zu beaufsichtigen hatte, sich mit Wurstigkeit und Watte Geist und Ohren zustopfen, um bei seiner Sache zu bleiben.

In der großen Pause, nach dem dritten Akt, kam der Regisseur zum Maschinisten herunter und erklärte ihm, daß im vierten Akt die versenkbare Plattform gebraucht werde; die große Arie ende mit dem Tod des Helden. Der Sänger ließe sich auf die Plattform niederfallen, es würde ein Drahtgestell mit einem Tuch bedeckt, über die Leiche geschoben und sofort verließe der Gast die Bühne, um auszuruhen. Beim Aktschluß, wenn der Gast gerufen werde, habe er ihn pünktlich wieder auf die Bühne zu befördern. Der Gast sei heute sehr nervös – die Sache müsse klappen, auch ohne Probe.

Der Maschinist ließ die Maschine anlaufen, beobachtete das Sinken der Plattform, ließ sie wieder steigen und hielt sich in Bereitschaft. Während der großen Arie hörte er, die Hand am Schalthebel, zu. Vertönende Orchesterklänge, die aufschwebende Stimme, Solo, bannende Spannung – Schrei, Fall – der Maschinist ruckte an und der Motor summte. Nieder sank die Plattform, der Gast wurde vom Hilfsregisseur empfangen und verschwand.

Vierter Akt. Im Orchesterbraus und Stimmenklang ließ der Maschinist seine Gedanken hinter dem Gast hergehen. Warum konnte der Herr nicht die zwanzig Minuten stilliegen? Zu nervös zum Stilliegen? Das verdammte Theaterspielen machte die besten Menschen kaputt, je größer, desto nervöser. Der Aktschluß kündigte sich mit vollem Orchester und tönendem Chor an, der Hilfsregisseur kam, hinter ihm der Sänger, der sich auf die Plattform legte. »Auf!« kommandierte der Regisseur.

Der Maschinist ging rund um die Plattform, drückte das Bein des Liegenden weiter zurück, legte die Hände auf die Brust des Sängers und beobachtete genau die Lage. Trotz der befehlenden Stimmen zögerte der Maschinist, drückte fast unmutig an den Körperteilen

des Gastes, warnte noch einmal vor dem Verschieben der Gliedmaßen und ging, rückblickend, an den Schalthebel. Er ließ den Motor
laufen. Oben, auf der Bühne, brauste der Zusammenklang aller
Stimmen und Instrumente, der Maschinist starrte auf die Signallampe, drehte sich plötzlich um und lief an die steigende Plattform:
er äugte nach dem Kopf des Sängers, der über die Platte hinausragte. Der Maschinist sah schon, wie die zwangsläufig steigende Platte
den Kopf zwischen dem Bühnenboden abquetschen mußte. Er hatte
zwei Sekunden Zeit, eine zum Überlegen, die andere zum Handeln.
Zum Motor war es zu weit – er sprang an die Schalttafel, schlug mit
der Hand den großen Schalthebel heraus, die Flammen schossen
ihm aus den Sicherungen entgegen, grünrot schwelte der Brand des
Kupfers in schmorendem Kurzschluß. Alles Licht im Saale, auf und
unter der Bühne, erlosch – aus der jähen Stille brach der panische
Schrei von zweitausend Menschen.

Der Regisseur riß die Taschenlampe hervor und der Maschinist
kam; er beleuchtete den Sänger und wies auf den Kopf, der über die
Platte, auf den Arm gelegt, herausragte. Der Sänger habe das Bein
zurückgezogen, aber nicht auf seinen Kopf geachtet. Er ließ den
herbeigeeilten Direktor stehen, löschte den Brand der Leitungen
und gab sich daran, den entstandenen Schaden auszubessern. Inzwischen war der Gast von der Bühne weggeleitet und die Zuhörer
beruhigt worden. Eine Viertelstunde wartete die ganze Oper auf
den Fortgang des Spiels, indessen die Monteure mit dem Maschinisten im Schein der Notlampen arbeiteten.

Erst als der Sänger, ausgeruht, mit seinen Freunden und geladenen Gästen gegessen hatte und schon beim Kaffee saß, erkundigte
er sich gelegentlich nach der Ursache der Störung. Er hatte ja, weil
er der Bühne näher war als dem Maschinenraum, von nichts erfahren. Der Direktor, etwas verlegen, erklärte, wie das teure Haupt des
Gastes im letzten Augenblick vor dem Abschneiden gerettet werden
mußte. Wie die Aufzugsmaschine ihn fast guillotiniert hätte, weil
die körperliche Größe des Gastes nicht auf die Plattform, die für
gewöhnliche Maße hergerichtet sei, gepaßt habe. Nun aber könne
man mit Recht die glückliche Errettung feiern.

Der Sänger starrte den Redner an, wurde sich des Inhalts der
Worte bewußt und erlitt jetzt erst das Schaudern – das Gefühl der

Machtlosigkeit durchzog ihn wie lähmendes Gift. Entsetzen stieß ihn in die unsichtbaren Krallen des mechanischen Dämons, und erst die beruhigenden Worte der Freunde belebten ihn. Dann aber triumphierten das Leben und die Natur: Erst jetzt sang er, sich selbst zur Lust, feierte das gerettete Dasein wie eine Wiedergeburt und pries die Sekunden, die ihm ein neues Leben geschenkt hatten.

Wäre jemand unter den Geladenen gewesen, der das Leben in dieser Zeit unter Maschinen und dem elektrischen Strom bis auf den Grund erlitten hätte, er würde des kleinen Maschinisten gedacht haben; er hätte in wenig Worten zeigen können, daß in der unerbittlichen Zwangsläufigkeit der exakten Mechanik ein lebendiger Mensch eingeschaltet ist. Ein Arbeiter-Mensch, der bereit sein muß, sich zwischen die unbelebten Massen von Stahl und Eisen zu werfen, mit Hirn und Händen bewußt gegen den Dämon Maschine todverachtend zu kämpfen. Es ist doch nun einmal so: die letzte Vollkommenheit der Technik ist erst die Hingabe des Arbeiters, der sein menschliches Leben zur Seele der Maschine, zu ihrem fehlenden Geist transformiert, damit sie nicht vernichte, was sie bildete. Der kleine Maschinist war die Seele des elektrischen Betriebes und hatte in dem Augenblick, als der Sänger in höchster Lebensgefahr schwebte, seinen Leib den tödlich verbrennenden Flammen hingehalten. Er hielt es für seine Pflicht, sich für den Sänger zu opfern. Er hätte es auch für einen einfachen Arbeitskameraden getan, wie überhaupt die Pflicht des Arbeiters immer mit dem Opfer unlösbar verbunden ist. Als der Arbeiter am anderen Tage nach Hause kam, hatte seine Frau in der Zeitung vom Gastspiel des Sängers und seiner großen Leistung gelesen. Es war auch der Zwischenfall mit dem Licht erwähnt und die Sache mit der Plattform als große Sensation ausgemalt. Von dem selbstverständlichen Heldentum des kleinen Maschinisten war kein Wort gesagt. Weder die Frau noch der Mann wunderten sich darüber; denn es ist in unseren Kreisen nicht üblich, daß man aus seiner Pflicht Sensationen macht und seinen Namen als Held gedruckt sieht. Weil nun niemand des namenlosen Mannes gedacht hat, und weil niemand von diesem Heldentum weiß, darum muß der Dichter unter den Arbeitern es nachholen, und darum setzte ich den Namen des Mannes auf die Ehrentafel des guten Kameraden:

Josef Pörschel.

Es wird abgeschrottet!

So begann denn der erste Werktag des Jahres 1931: In der sauber aufgeräumten Werkstatt keine Bestellung, keine Arbeit. Seit zwei Monaten hatte ich alles vorhandene Werkzeug aufgebessert; ich zündete das Schmiedefeuer an, nahm eine Stahlstange und schmiedete einen Preßluftmeißel: schön wie ein Morgenlied klang der Amboßton.

Ich freute mich des Klanges wie ein Kind, das eine Triangel schlägt. Um neun Uhr telefonischer Anruf: »Hier Schrottgroßhändler Pallok, Baustelle Spinnerei Berghausen. Vergebe den Abbruch der Kraftanlage zum Verschrotten, senden Sie einen Kalkulator und machen Sie Angebot!« Mein Bruder Paul nahm sein Taschenbuch für Ingenieure, in dem die Maße und Gewichte solcher Anlagen verzeichnet stehen; wir sprangen auf die Räder und fuhren hin. Auf der Bürotür stand mit rotem Stift geschrieben: »Schrotthandlung Pallok, Amsterdam.« Wir gingen in den großen Schreibsaal hinein; jetzt war da nur eine leere Spulenkiste, an der ein junger Herr die Schreibmaschine bearbeitete. Er brachte uns in den Heizraum; vor den Dampfkesseln lehnte der Schrotthändler an einer Rohrleitung, Melone im Nacken, Shagpfeife quer; er glich einem weltgewandten Herrenfahrer im Pelzmantel.

Mit einer greifenden Geste zeigte seine Hand auf die Kesselbatterie, als wolle er sie einsacken: »Was kost' zu zerschlagen in Schrott nach Vorschrift der Hütten diese Anlage?« Mein Bruder zog die Tabelle und wollte das Gewicht überprüfen. »Ach nein, nicht nach Gewicht, will wissen Preis. Zehn Unternehmer haben geschätzt Gewicht, jeder anders, – Nägel mit Köpf, was kost? Sie sind doch praktische Männer, – na, Preis?«

Der Holländer hatte Geduld, wartete, bis wir die ganze Anlage angesehen hatten. Dann führte er uns in den Maschinenraum, hob wie geheimnisvoll die Hände über das Werk und sagte: »Verrate Ihnen: Gewicht hundertfünfzig Tonnen. Was kostet es, ebenfalls vorschriftsmäßig kleinschlagen?« Alles auf Wagen geladen, frei Station?« »Ich gebe Ihnen das Angebot schriftlich!« antwortete Paul. »Bin bis acht Uhr heut abend hier!« sagte der Holländer und ging.

Wir berechneten die fünf Zweiflammrohrkessel, sie wogen mit Zubehör und Rohrleitungen zusammen hundertdreißig Tonnen. In der Ummauerung befand sich noch der Ecconomyser, eine Wasserwärmevorrichtung. Sie wog schätzungsweise auch hundert Tonnen, dazu, die Dampfmaschine mit hundertfünfzig, insgesamt also dreihundertachtzig Tonnen. Auf dem Heimweg besuchten wir einige Fuhrunternehmer, die uns die Frachtkosten gleich schriftlich mitgaben. Nachmittags berechneten wir die Menge von Karbid und Sauerstoff, die Anzahl der Stundenlöhne, und gegen sieben Uhr nahm uns der Holländer das Angebot ab.

»Was haben Sie eingesetzt für Sauerstoff und Karbid, was für Fuhrlohn?« frug er. Ich hatte die Angaben im Buch stehen und konnte sie gleich sagen. »Gut! Und so bleibt als reiner Arbeitslohn übrig: neunzehnhundert Mark.« Er rechnete und schlug die anderen Angebote nach. Wir hatten hundertzwanzig Flaschen Sauerstoff und sechshundert Kilo Karbid berechnet, zusammen für neunhundertsechzig Mark, Wir sahen unseren bescheidenen Gewinn daran davonrinnen. Ein Glück, daß wir auf die Frachten keinen Zuschlag gemacht hatten, die Transportkosten lagen im Angebot vor. Endlich erhob der Händler seine Melone und sah uns entschlossen an: »Für neunzehnhundert Mark, ohne Fracht und Brennstoff! Machen wir!«

Schon schlug er den Vertrag auf der Maschine durch und wir unterzeichneten. – »Wann anfangen?«

»Wenn Sie Montag früh einen Lastwagen schicken, laden wir gleich Holz und Gerät auf, kommen direkt hinterher.« Er sagte zu, wir gingen. »Dann fährst du gleich zu den Kesselschmieden, die sagen Axmann und Welters Bescheid – Montag um sechs Uhr.« Wir hatten nur einen Gedanken: »Endlich Arbeit für sechs Mann und zwei Monate! Als um halb acht Uhr der Lastwagen kam, wurde das bereitgestellte Gerät aufgeladen. Die Winden und Hölzer, die so manchen Neubau errichten halfen, dienten nun zum Abwracken. Alles, was bisher zum Bauen diente, wurde jetzt zum Zerstören gebraucht. Wir sechs Mann mit sechs Fahrrädern, sechs Essenkesseln, sprangen auf und holten den Wagen bald ein. Nachdem wir uns im Büro umgezogen, trugen wir das Gerät ins Kesselhaus. Ein Drehen des Lichtschalters: sämtliche Lampen flammten, beleuchteten Wasserstände und Manometer, Rohrleitungen und Ventile.

Nicht die geringste Schraube war eingerostet, nicht ein Griff beschädigt: Feuer auf die Roste und nach wenigen Stunden hätten wir zwölf hundert Kilowatt Strom liefern können. »Wärmeschutz von den Dampfrohren herunterhauen, Schrauben aus den Flanschen schlagen, Leitungen zerlegen und hinunterschmeißen!« kommandierte der Meister. Jeder nahm eine Brechstange, lange Meißel, Hand- und Vorhämmer, wir erstiegen die eisernen Leitern und stießen die Stähle in die Tuchverbände über den hüllenden Wärmeschützern. Kaum fielen die ersten Stücke herunter, stoben sie auch schon zu mehlweißem, staubfeinem Puder auseinander. Nach fünf Minuten war der hohe, weite Raum von der zerstäubten Kieselgurmasse wie mit Nebeldampf angefüllt; wir fingen alle zu niesen an und fluchten um die Wette. Bis Mittag dauerte die Vernebelung, bis Mittag husteten, spuckten und niesten wir das beizende Pulver aus den Schleimhäuten. Wir mußten einen großen Kessel Malzkaffee kochen, um den Staub hinunterzuspülen. Dann begann die Arbeit: dreiviertel- und siebenachtelzöllige Schrauben, sauber mit Graphit gesalbt, bekamen den Nietenabquetscher auf den Hals gesetzt. Schwere Vorhammerschläge sprengten die Bolzen, bald ratterte die dreißig Meter lange Hauptleitung lose in den Schellen. »Knochen weg!« Immer wieder gellte der Warnruf, ehe die Querleitungen absackten. Endlich sauste mit großem Getöse das Rohrwerk auf die Mauern. Die Dampfabsperrventile brachen mit zerhauenen Flanschen nieder, zuletzt wurden die einzelnen Stücke im hohen Bogen über die Mauer geworfen; dröhnend brüllten die leeren Röhren auf das Steinpflaster. Die zentnerschweren Ventile knallten in die Tiefe, die Stellräder splitterten, die Gewindespindeln verbogen sich. Mit jedem Hammerschlag zerschlugen wir für tausende Mark Arbeitswert, – mit jedem Fall zerbarst ein kleines Vermögen. – »Wir haben's aufgebaut, wir wissen's zu zerstören! Einmal hat der Dichter Schiller recht gehabt!« brüllte Hans Axmann dem hochkomplizierten Wassermeßapparat nach, der gerade herunterflog. Zehntausend Mark hat er gekostet, für zehn Mark Alteisen kam er unten an. Paul und Welters schoben den Kondenzwasserrückspeiser, einen Gußblock von zehn Zentnern, an die Mauer. »Vorsicht!« gellte der Warnruf. Dumpf schlug er auf, da sauste ein Stück Rohr durch die Luft, krachte an das Wellblechdach, eine schleiernde Rußstaubwolke verfinsterte den Raum, rückgeschleudert prallte das Rohr neben der Kolonne Libbertz auf das Mauerwerk. Da stürzte der Holländer her: »Sie, Meister, sind Ihre Leute auch gut versichert? Unglück passiert?«

Während wir noch an den Armaturen schafften, kamen die Arbeiter eines Baugeschäftes und begannen, das Mauerwerk abzubrechen. Die Steine wurden an Ort und Stelle schon verputzt und gleich verladen. Kaum war die Vorderfront von Kessel eins freigelegt, rückte Libbertz mit dem Schneidbrenner heran und brannte ein Loch in die 35 Zentimeter starke Stirnwand. Unter der kaum zollangen Gasflamme schmolz das Eisen weg und eine klaffende Rinne bezeichnete den Weg, den die Flamme ging.

Jetzt begann das Wegschleppen der ausgeschnittenen Plattenstücke, die »vorschriftsmäßig« nur anderthalb Meter lang und fünfzig Zentimeter breit sein dürfen. Hundertfünfundsiebzig Kilogramm wiegt durchschnittlich so eine Tafel, sie muß über die Fundamente hin, über Löcher und Mauerreste geschleppt werden, denn einen Kran kann man für die kurze Zeit nicht anbringen. Die Kanten der Tafeln sind scharf und gezackt vom Brand des Brenners, schneiden tief in die Handflächen ein. Offen liegt der Kessel vor uns. Meter um Meter wird abgeschnitten, die Brennerflammen sausen, die brennenden Funken sprühen, die fallenden Platten krachen hinunter. Vier um vier Mann schleifen die Platten fort: zehntausend Kilo, fünf zehntausend Kilo ist die Tagesleistung. Neben uns wühlen die Bauleute das Mauerwerk um; der durch jahrelange Hitze getrocknete Mörtel durchstäubt die Luft, durch die offene Tür fährt der eisige Wind und jagt den Ruß aus den Feuerzügen auf. Mit einem Male wurde die Arbeit in ein Hetztempo gejagt: der Schrotthändler sah die Preise sinken, Tag um Tag verminderte sich der Schrottwert. Mit Fluchen, Bitten und Beschwörungen stand er hinter uns. »Voran! Voran! Sonst bin ich ruiniert!« Der Leiter des Baugeschäftes hetzte seine Leute. »Mehr Mann her! Dann geht's schneller!« sagten die Maurer. »Je größer der Haufe, desto fauler!« schrie der Polier. Erst als er sah, daß bei der Wühlerei mehr Steine zu Bruch gingen als ganz blieben, mahnte er wieder zur Ordnung. Der Händler ließ uns keine Ruhe, wir mußten noch vier Mann dazunehmen. War das ein Schleppen und Rennen, Fluchen und Schreien, bis sich die neuen Leute wieder eingearbeitet hatten. In anderen Zeiten wären die meisten bei dem Gewühl bald davongelaufen. Doch jetzt war Arbeit bares Geld und ein Stück Fleisch im Topf. Als wir am letzten Kessel begannen, ebneten die Bauleute schon die Fundamentlöcher mit Schutt ein, aus dem Trümmerhaufen wurde bald eine ordentliche Halle. Nun kam eine schwere Arbeit: der Ecconomyser, der schon mauerfrei war, stand wie ein Wald von Säulen da. Eine wunderbar sinnreiche Anlage, die durch eine Reinigungsvorrichtung ständig sauber gehalten wird; diese prachtvollen Zahn- und Kettenräder, die schön gearbeiteten Lager, die wundervolle Maschine, ein Hammerschlag, schon spritzten die Brocken zu Boden. Eben noch hatte die Maschine Sinn und Zweck; wir waren gewohnt, mit Arbeit, durch Verbesserungen Störungen und Beschädigungen fernzuhalten. Jetzt hauen wir mit einem Hammerschlag den Namen samt Sinn und Zweck von dem Werk hinunter, zerschlagen die Wirkung und geben den sorgfältig angepaßten und vielfältigen Teilen einen Sammelnamen: Schrott!

In zehn Tagen haben wir aus der Vorwärmeanlage zehn Tonnen Alteisen gemacht. In zwei Tagen vom Fundament auf die Wagen gebracht. Zwei Monate sind wir daran; der Schrotthändler jammert über ein verlorenes Vermögen. Wir sind zufrieden, denn bisher hat noch keiner seine Knochen drangeben müssen. Zwar fallen wir abends übermüdet, verstäubt und mit kratzendem Hals, hustenden Lungen ins Bett, – ein Wunder, daß in der kalten Zugluft niemand krank geworden ist. Nun können wir in das schöne Maschinenhaus gehen, da gibt es saubere, wenig staubige Arbeit. Montag, den achtundzwanzigsten Februar, traten die acht Mann vor die Maschine. Ich vergesse es in meinem Leben nicht, wir stutzten alle zurück: keiner tat, was er sollte, keiner hob den Hammer, um zu beginnen. Uns allen tat die Maschine leid, wie sie so blank und sauber eingefettet dalag: fünfzehnhundert Pferdestärken, mit angekuppeltem Generator zur Stromerzeugung. Wir standen vor dem ein Meter und achtzig hohen Niederdruckzylinder, besahen das sechs Meter hohe Schwungrad, da sagte Paul: »Vor vier Jahren ist die Maschine überholt worden, hat sechzigtausend Mark gekostet! Das weiß ich vom Betriebsleiter!«

Libbertz war inzwischen an den Stromerzeuger gegangen: »Den kenn ich doch, den haben wir doch vor ein paar Jahren bei der Schorch AG. im Bau gesehen! Hier, das Schild, richtig! Ist von neunzehnhundertachtundzwanzig.

»Was ist die ganze Maschine wohl wert?« frug Welters. »Mindestens zweihundertfünfzigtausend Mark!« antwortete Paul. Im gleichen Augenblick daberte ein Schlag durch die Stille des Raumes: »Da seht, was ich für ein Genie bin!« rief er. »Mit einem Schlag hab ich den Wert verändert. Was kostet sie nun?« Er hatte aus der Gleitbahn der Kreuzkopfführung ein tellergroßes Stück herausgehauen. »Für viertausendfünfhundert Mark hat der Händler sie angesteigert, Tausend Mark kriegen wir für das Kaputtschlagen!« sagte Paul. Wie auf ein Kommando nahm jeder seinen Hammer, jeder hieb auf das ihm zunächstliegende Stück los: Steuerführung, Ventilstutzen, Regulatorkonsolen, Stopfbüchsen, Schmierapparate, Ölpressen flogen unter den Schlägen herunter, acht Mann hieben herab, was eben mit Schlägen abzukeilen war. Darüber hinaus schlugen sie auf die Brücken, Deckel, Zahnräder, Achsen, Gehäuse, Muttern, Schrauben und Röhren. Platzen, Brechen, Krachen, eine Viertelstunde lang. Dann setzten sie die Hämmer ab und sahen sich an. Die Maschine sah wie ein halbgerupftes Huhn zum Erbarmen aus. Nun gingen wir ans Abschlachten. Wir schraubten die Zylinderdeckel ab, die Lager von der Hauptwelle, lösten alle Keile und Splinte; dann kamen die Schweißapparate und unter der zischenden Flamme zerbrach die dreißig Zentimeter dicke Hauptachse in rohe Brocken. Hier war jedes Gelenk der Kurbeln ein Meisterwerk, jedes Lager ein Gesellenstück, prachtvolle Wertarbeit: das ganze ein Kunstwerk, stark und schön. Ihrer Wirksamkeit beraubt, ödeten uns jetzt die Bruchteile an. Der Schneidbrenner vernichtete die Fügung von Kurbel und Pleuelstange, über die blanke Glätte der schimmernden Eisenhaut fuhr der schmelzende Strahl durch das Achsenherz. Zuletzt stand der gußeiserne Rohbau der Maschine allein auf den Fundamenten. Mit schweren Winden wurde er umgeworfen und mit viel Mühe ebenfalls in Teile zertrümmert. Dann machten wir uns über die Stromerzeugungsmaschine her. Von dem Augenblick an war der Händler nicht mehr aus dem Maschinenhaus zu schlagen. »Schäune Köyper, heel veel!« (Schöner Kupfer, sehr viel) sagte er zärtlich in seinem niederländischen Dialekt, als er die Kupferspulen entdeckte. »Hou veel wiegt et köypere Spöyleken? En dit? En dat?« (»Wieviel wiegt so eine Kupferspule?«) Er sprach vom Kupfer wie von einem leuchtend goldenen Schatz, und wie kostbare Schätze trug er das schöne Kupfer mit seinem Schreiber in ein unsichtbares Lager. Als die obere Schwungradhälfte vom Kupfer entblößt war, drehten wir den Generator in den Böcken um, und tagelang hörten wir wieder den metallsüchtigen Schrotthändler »mien schäune Köyper« murmeln.

Nun mußten wir das große Schwungrad in die beiden Teile zerlegen; es war in der Mitte in hundertzwanzig Millimeter starke Stahlbolzen zusammengefügt. Wir zerschnitten sie mit der Flamme, dann setzten wir zwei Winden an, bald standen dreißigtausend Kilogramm auf der Wippe: es war ein Spiel ums Leben. Den beiden, die an der Winde drehen mußten, konnte das Rad, wenn es zurückschlug, auf den Leib fallen. Einen Augenblick vor dem entscheidenden Punkt brachten wir einen Kettenzug an der Wand gegenüber an und zogen mit diesem die Last herüber. Eine Sekunde lang stand sie in der Schwebe, noch ein Zug an der Kette: da schlug mit fürchterlichem Fall und Krach der Koloß in den Maschinenraum hinein. Die Mauern erdröhnten, die Scheiben rasselten aus den Fenstern, das Dach zitterte. Da hörten wir aus der Türseite Herrn Schrotthändlers bebende Stimme: »Sie, Meister, sind Ihre Leute auch wirklich gut versichert?« Als jemand: »Vorsicht!« rief, sahen wir durchs große Fenster den besorgten Herrn um die Ecke galoppieren. Wir hatten gehofft, die Schwungradhälfte wäre beim Fall auf die Fundamente zerbrochen. Sie tat uns nicht den Gefallen und so mußten wir noch zehn Tage lang mit Schneiden, Bohren und Keilen mit unzählbar vielen wie schweren Schlägen nachhelfen. Dann begann das Wegschaffen der zerstückelten Maschinenleiche; der letzte Tag endete mit einer Höchstleistung: vier Mann schleppten fünfundsechzig Tonnen auf die Waggons. Eigentlich waren wir fertig, doch der Händler gab keine Ruhe; er gönnte die Fundamentschrauben, beindicke Stumpen, die einbetoniert waren, nicht den armen Teufeln, die das Fundament entfernen mußten. Er bestand darauf, daß wir sie für ihn retteten, er blieb neben uns stehen, bis wir begannen. Wir schnitten sie mit dem Schneidbrenner ab, da flammte der Schwefel auf, mit dem sie, wegen des zementzerstörenden Öls, eingegossen sind. Wir hatten ihn so hineingelotst, daß er eine volle Ladung Schwefelqualm in den nimmersatten Hals bekam. Hustend und fluchend rannte er weg. Nach drei Tagen stank das Maschinenhaus wie eine chemische Fabrik, wir mußten uns alle paar Minuten ablösen, selbst des Nachts husteten wir noch. »Wenn ihr mir die Schrauben nicht rausmacht, laß ich sie auf eure Kosten entfernen und zieh es euch ab!« Natürlich hatte der Händler gut drohen, denn er war reich und wir waren arme Teufel, er setzte seinen Willen durch.

So endeten diese drei Monate Schwerarbeit auch sichtbarlich in Rauch und Gestank. Wir waren froh, als wir das Werkzeug und die Geräte wieder auf den Lastwagen laden konnten. Die Abrechnung, die notgedrungen folgte, war doch das Schlimmste von allem: verrechnet! Wir hatten nun drei Monate mit fünf Mann durchschnittlich gearbeitet, es fehlte gerade soviel, wie wir zwei Brüder als »Arbeiter-Unternehmer« als Lohn hätten bekommen müssen. Also Lehrgeld bezahlt! Mit uns ging der Schrotthändler aus der Schreibstube, der Kraftfahrer hielt die Tür des Wagens. »Textilwerke Bayernstraße« gab er als Fahrziel an. »Die gehört zum Lahusen-Konzern!« sagte Paul, »vielleicht ist sie auch schlachtreif!«

Wir blickten noch einmal zurück auf die gewölbte Halle über den zackigen Cheddächern der großen Spinnerei. Nun war das Letzte herausgerissen, die Spinnmaschinen waren schon längst verkauft. Über fünfzig Jahre haben dort siebenhundert Arbeiter ihr Brot verdient.

Über siebzig Betriebe sind in dieser Stadt allein schon verschrottet, wieviel an Rhein und Ruhr, wieviel im ganzen Reich? Wie lange soll diese Maschinenschlächterei und Menschenwerkzerstörung noch weitergehen? Wie lange noch? Wie lange noch?

Morgen wieder Arbeit

Endlich ist es soweit! Gesegnet der Montagmorgen der auch mich mit Einstellungsbrief und Arztschein, Kleiderpacken und Brotvorrat aus dem schnell gesuchten Kosthaus zur Arbeit gehen läßt. Unsere Kesselschmiede, richtiger Kesselfabrik, liegt eine halbe Stunde vom Vorortbahnhof entfernt. Hundert und mehr Mann warten auf die Autobusse; ich lasse sie warten. Neun Monate war ich über die deutschen Landstraßen getippelt, zwei Monate hab ich in der Stadt gewartet, marsch, zu Fuß!

Die Straße geht am Güterbahnhof entlang. Zur rechten Seite gellen über strombreite Eisenbahnschienenstrecken die rötlichen Bogenlampen, donnernd prallen rangierende Zugteile zusammen, die Signale pfeifen, die Lokomotiven puchen.

Die linke Seite der Straße ist ödes Feld. Ganz fern am Rand taucht das Gaswerk aus dem Dunkel. Der Neubau des Riesengasometers flammt auf: Bogenlampen an allen Masten, auf allen Pfeilerspitzen und Gerüstgestängen. Schon flackern die kleinen Nietfeuer auf den Arbeitsplätzen, es ist ein Viertel vor sechs. Eine Viertelstunde noch haben wir bis zum Werk, das wie eine Bahnhofshalle gebaut, quer vor der Straße liegt. Die Sirene heult auf, vom Gaswerk brüllt ein Horn, wie ein Schiff tutet, das durch die Nebelnacht fährt. »Geduld! Geduld! Wir kommen ja schon!« sagt ein Kamerad neben mir. Auf den harten Pflasterstraßen klappern die schweren Schuhe. Auf einmal sind Hunderte von Menschen unterwegs; aus entfernteren Vororten kommen sie auf Seitenstraßen an. Nun teilen sich die Massen, die Arbeiter, die zum Gaswerk gehen, schwenken links ab, wir bleiben auf der Straße und kommen in den großen Hof, der blitzend von Schienen, im kalten Licht der bläulichen Bogenlampen liegt. Fünf Hallen liegen nebeneinander, die mittlere ist ein gewaltiger Rundbogen, drei Lokomotiven können übereinander hindurchfahren. Die Transportkolonnen sind schon seit über einer Stunde an der Arbeit: der letzte Großkessel wird vom schweren Kran hinausgebracht, wie ein Luftschiff schwebt er nun über den Wagen. Die Arbeiter, Köpfe im Nacken, sehen hinauf zum Kranführer und schreien ihm etwas zu. Wir warten.

Der Meister kommt, brüllt zu den Kranführern und Transportarbeitern hinauf: »Vorwärts, Trudler, damit die Tore zugemacht werden können. Tore zu!« Das Gefahrsignal erlischt. Wir können eintreten; hinter uns rasseln kleine Wagen mit Werkstoffen, Blechen und Röhren an die Maschinen. In den Nischen der Pfeiler, an Maschinenständer hingedrückt, warten schon viele Arbeiter, umgezogen, Zigarette im Mund, auf den Arbeitsanfang. Wir gehen zwischen den roh montierten Röhren hindurch, fünf und sieben Meter Durchmesser ragen sie hoch über die Maschinen. Wie Ameisen an Baumstämmen vorbeikriechen, marschieren wir in die dreihundert Meter lange Halle hinein. An einem Samstagabend waren wir zuletzt hinausgegangen aus diesem Werk, hinein in die Millionenstadt, hinein in die Vororte, hinaus in die Dörfer, mit Fahrrad und Eisenbahn zerstreut. Soviel Menschen, soviel Wege. Nun kommen sie wieder, Kesselschmiede, Helfer. Jeder sucht die angewiesene Stelle, an jene Maschine, an diesen Kessel; sie verteilen sich an die Plätze, warten auf die Sekunde des Arbeitsbeginns. Sechs Uhr Montagfrüh: so wie wir hier, so stehen auch die Bergleute vor Schacht und vor Ort, die Textilarbeiter an ihren Webstühlen und Spinnmaschinen, in Steinbrüchen und Eisenhütten die Arbeiter zum Anpacken bereit. Arbeit: hinter uns die Millionen Pferdekräfte in Motoren und Dampfmaschinen, gewärtig, sich auf Anker und Spulen, auf Kolben und Zylinder zu stürzen, in Achsen und Räder zu wirbeln. Eine Minute vor sechs Uhr: schon zischen in den Röhren Preßluftströme, die Klingeln schrillen Arbeitslärm, da, Heulhorn! Zigarette weg! Motore sausen, die Räder rollen, Walzen kreisen! Ein donnernder Hammerschlag: der Vorarbeiter und Zusammenbauer hat den Fünfzentnerklotz, der schwebend im Kran hängt, vor den Kesselhoden geschmettert. Der eiserne Kanonenschlag rollt wie ein Donner durch die weite Fabrik. Der Kamerad neben mir hält den meterlangen Preßlufthammer auf den Armen, eine Schlagmaschine von fast einem Zentner Gewicht. Hoch aufgerichtet steht er, preßt die Maschine an die Brust. Vor ihm fingert aus dem Nietloch die glühende Spitze der Niete, er kippt den Hammer hinunter, reißt den Ellenbogen in die Höhe und schmeißt das Gewicht seines Oberkörpers auf den Hammergriff. Ein unsichtbarer Druck auf dem Ventil: losrattert, leise erst, dann lauter und schneller, immer schneller und knallender der stählerne Kolben im Lauf des Schlagmaschinengewehrs vielhundertmal in einer Minute. Diese genügt, den zollstarken Nietbolzen zu einem runden Kopf hinunterzuhauen. Ehe diese Minute vorüber und der Kopf geschlossen ist, haben schon dreißig, vierzig solcher Preßlufthämmer ebenso begonnen, kleinere und größere Niethämmer, Meißelhämmer, Stemmhämmer. Hunderte von Handhämmern lärmen dazwischen, das Rädern der Walzen rasselt in Zahnrädern, dumpfe Donner der Zusammenbaukolonnen, fauchende Nietmaschine, schmetterndes Schallen niederprasselnder Eisenplatten; die Luft ist mit Krachen gefüllt, der kleine Hammer in meinen Händen tickt darin wie eine Taschenuhr.

Fünf Minuten nach sechs Uhr: voller Strom, volle Arbeit, Akkord, Leistung, Schiffskessel für Hamburg, Dampfbatterien für das Elektrizitätswerk Wien, Lokomotiven für Rußland, Zellstoffkocher für Indien, Dampfspeicher für eine schwedische Hochdruckanlage, Teile einer Neuerfindung werden von uns hergestellt. Arbeit, große, gewaltige Arbeit. Ich, der kleine Geselle, winzig gegenüber meinem Werk, kontrolliert in Sekundenakkord, hämmere mit Hunderten an kleinen Nieten und Nähten. Das eiserne Herz der Arbeit, der Preßlufthammer vor meiner Brust, schlägt für den Aufbau der Industrie; das kleine Menschenherz in mir klopft seinen eignen Schlag und pocht für sein Werkmannsglück: Dach, Brot, Kleid – in Liebe zu Weib und Kind.

Wenn ich nicht Kesselschmied wäre, möchte ich der Kranführer sein, der in der Mittelhalle den großen Laufkran bedient. Einmal war ich drei Tage bei ihm, ein Span hatte mir die Innenhand. zerrissen. Ich wurde zum Saubermachen in die kleine Glasbude kommandiert. Hoch über dem wüsten Durcheinander von Werkstücken und Maschinen stand ich nun. Von oben gesehen schienen die Arbeiter mit den Preßlufthämmern, auf den Kesselrand gebückt, wie Wahnsinnige; wie Verzauberte, die immerfort in grotesker Verrenkung mit hochgespanntem Interesse auf ein unsichtbares Wunder stierten, zehn Minuten, eine halbe Stunde, einen ganzen Morgen, Tag um Tag. Nur wenige bewegten sich noch, die Transporthelfer, die Meister. Das Drehen eines Schubrades, Schieben eines Hebels war durch den blauen Qualm nicht zu sehen. Dieses leblose Dasein machte mich zuerst traurig, dann wütend: sind wir denn alle bloß Marionetten der Maschinen, Drahtpuppen des Werks? Immer noch habe ich das Bild der Fabrik in den Augen, wie es sich von oben herab bietet: die andern Kräne gleiten vorüber, die Kranhebezeuge in den Seitenhallen rollen vorbei, die elektrischen Schlepper ziehen Lasten her und hin, Platten werden aufgeladen und auf die Lager verteilt. Riesenhafte Tafeln von sechs bis zehn Meter Länge, zwei und drei Meter Breite, auf denen mit großen Pinseln weiß Buchstaben und Ziffern aufgemalt sind; grau, wie die Eisenplatten, bewegen sich die Menschen. Sie laufen hinter den eisernen Tafeln her, bewegen sie in die Betten der Blechkantenhobelmaschinen, die Stahlhalter beginnen sich vorzuschieben, ein Eisenspan wächst heraus, die Bearbeitung beginnt ... Die nun geglätteten Kanten blitzen, wieder heben sich die Tafeln, wieder nimmt eine andere Maschine sie in Empfang; wie die Hand des Kindes mit einem Läppchen über die Tafel wischt, schiebt hin und her der Stoßkopf einer Hobelmaschine und schärft die Stöße aus. Nur eine Zeitlang spielt die Maschine, dann schwebt die Platte wieder auf, legt sich unter die großen Backen einer Presse (man sieht nichts von oben herab), indessen drückt ein halbrunder Block die Kopfenden der Platten bogig. Nun wandert die Platte noch einmal vor: diesmal aber rauscht ein Poltern herauf: die Platte wird von einer Maschine verschlungen, sie wird von den Walzen gepackt und kommt gekrümmt wieder heraus. Sie rundet sich, wälzt sich hoch, ein Ring wächst auf, neigt sich wieder dem Ende der Platte zu, und auf einen Ruck steht die Maschine; jetzt erst sieht man eine Veränderung: aus der glatten Tafel ist ein Hohlzylinder geworden. Doch auch diese Form geht weiter, ein Schwenkkran packt sie, senkt sie in die Grube, nach einiger Zeit des Schiebens, Hämmerns und Schraubens wird es still. Die Zylinder, jetzt Kesselschüsse genannt, sammeln sich, einer nach dem andern, fügen sich ineinander, Hammerschläge erdröhnen, Menschen klettern hinauf und hinunter.

Vier, fünf solcher Schüsse längen sich aneinandergereiht, an den Enden werden die Böden eingebaut und nun, zehn bis zwölf Meter lang, schwebt der rohe Kessel auf und senkt sich in die Grube: das Bohrwerk hat ihn erfaßt. In Abständen von zwei bis drei Zoll werden auf genauesten Millimeterabstand Löcher hineingebohrt, rundum die Reihen dreifach, längshin sechs- und achtfach. Aus vielspindeligen Bohrköpfen stoßen die Spiralbohrer vor, fressen sich ins Eisenfleisch hinein, die rasende Umdrehung treibt schwingende Eisenspäne heraus, Kühlwasser spritzt immerfort an die Bohrer. In selbsttätiger Zwangsläufigkeit schiebt das Werk die Bohrköpfe vor, dreht sich der Kessel auf den Rollen.

Zwei solcher Werke nebeneinander; im folgenden wird das fertige Metallstück herausgeholt; wieder klettern Männer an dem Eisenrohr herum, nehmen es auseinander und säubern die Nähte von Grat und Rost. Nun fügen sie die Rundnähte zusammen und wieder senkt ein Kran den Haken hinunter: hoch schwebt der Kessel in eine dritte Halle. Halb in der Erdgrube, halb in den Gerüsten liegt er jetzt, er wird in einen gewaltigen Stahlbügel hineingeschoben. Das Maul der Riesenzange, die Wasserdruck-Nietmaschine, hat ihn gepackt. Aus einem Feuerofen wirft ein Junge eine Niete in die Kesselhöhle. Bald fingert der handbreitlange Stift glühend aus einem Loch; ein unsichtbarer Druck am Hebel: niederpreßt die in den Kraftspeichern gesammelte Wasserkraft hundertfünfzigtausend Kilo Druck auf die glühende Niete. Nur wenige Sekunden braucht der gewaltige Stempel, schon hebt er sich, schon fliegt eine neue Niete, flitzt heraus aus dem Loch, um sogleich niedergedrückt zu werden. Eine Halbkugel, schwarz auf der Platte, verschließt das Loch.

Lautlos, langsam arbeitet die Mammutmaschine weiter, Schuß reiht sich an Schuß, bis die ganze Länge fertiggestellt ist. Nun sind die Löcher, die das Bohrwerk hineinraste, wieder verschlossen, aus den vielen Teilen ist ein Ganzes geworden.

Ein Ganzes? Die Kessel wandern unter uns weiter; in der großen Halle liegen sie nebeneinander, die Kesselrümpfe, denen das Eingeweide fehlt. Jetzt werden die langen, wassergasgeschweißten oder aus einem Stück gewalzten Flamm- oder Feuerrohre eingebaut. Elektrische Bohrmaschinen surren Nietlöcher in die Krempen. Eine fahrbare Luftdruckmaschine schwebt in einem Kran heran, fauchend haut sie mit einem pressenden Kolben Niet auf Niet, indessen eine Kolonne schon den Dampfdom vorrichtet, der zuletzt angebracht wird.

So sieht der Kessel fertig aus. Liegt, mit Dom und Stutzen da, wo mein Arbeitsplatz ist. Wir sind zu zwölf Mann in der Stemmkolonne, hier, gerade unterm Laufkrahnhäuschen rasseln meine Kameraden mit kleinen Preßlufthämmern.

Wir geben dem bisher so vielfältig verarbeiteten Kessel erst die nötige Dichtigkeit. Wenn man vor unserer Arbeit Wasser in den Hohlraum lassen würde, es müßte in allen Nähten und Nieten hinausrinnen; wir Zwerge, neben den Riesenmaschinen, machen die Zwergenarbeit: jedes Millimeter Naht, jedes Millimeter Nietrand muß mit feinen Meißeln und mit vielen Schlägen verstemmt, dichtgemacht werden. Rund um jeden Kopf wird ein dünnes Grätchen gepackt, heruntergedrückt auf die Kesselwand, mit rundstumpfem Meißel, damit die Kesselplatte nicht die geringste Beschädigung erfährt. Da liegen sie, meine Kameraden, auf dem Preßlufthammer, tausend Schläge rasselt der fingerdünne Kolben in der Minute auf den Meißel, da liegen sie, die Augen hingehalten auf die haarfeine Spalte zwischen Niet und Platte. Der zehnte Teil einer Haardicke vergessen, und bei der Druckprobe spritzt ein dünner Wasserstrahl hervor.

Also hämmern wir, hämmern um die zehntausend Nieten hin, die die Riesenpressen hineinstampften. Die linke Faust hält den Stemmer und führt seinen von uns bestimmten Weg, die Rechte drückt den ratternden Schlagmotor, den »Revolver« nieder, der Ellenbogen drückt, das Armgelenk drückt, die Schulter, der ganze Oberkörper ist erschüttert, bis ins Hirn dringt die rütternde Trallerei, Minute um Minute, Stunde um Stunde, Woche um Woche. Denn wir sind die Stemmkolonne, stemmen Niet und stemmen die Nähte, tagein, tagaus. Wie liegen auf dem Kessel, auf den Platten, pressen, drücken, stemmen immerzu. Wir sind die emsigen in der Fabrik, die sagen können: »Nun ist er fertig, der Kessel!«

Fertig? Nicht ganz. Neben uns schrauben die Hilfsarbeiter die Stutzenlöcher für die Dampfrohre zu, setzen die Mannlochdeckel ein und füllen die Kessel mit Wasser. Schon tropfen einige Nieten, schon rinnen einige Stellen in den Nähten; ran, nacharbeiten. Kaum sind wir fertig, da stößt die Dampfdruckpumpe noch mehr Wasser hinein, das Manometer steigt, der Zeiger weist aus: vier, sechs, acht, zehn Atmosphären. Wasser dringt in jede Naht, an jede Niete und sucht einen Ausgang. Zwölf Atmosphären sind der Betriebsdruck: jede Atmosphäre entspricht einem Kilo Druck auf je einen Quadratzentimeter. Jetzt ist in dem Kessel eine Spannung von einer Million zweihunderttausend Kilo. Noch fünf Atmosphären dazu: siebzehn. Jetzt zeigt sich, wie gut oder schlecht die Arbeit, unsere und unserer

Kameraden war. Manchmal sind es nur Stunden, meist aber Tage, die wir nacharbeiten müssen. Der Kessel muß so drucktrocken sein, daß selbst bei diesem Probenhöchstdruck von siebzehn Atmosphären, also mit einer Million siebenhunderttausend Kilo, nicht die geringste Feuchtigkeit sich zeigt. Dann sagen wir: »Fertig, Meister!«

Jetzt hat der Staat und seine Behörde, der Verein zur Überwachung der Dampfkessel, das letzte Wort. Zu einer bestimmten Stunde erscheint der Ingenieur, schraubt eigenhändig sein vernickeltes, überaus empfindliches Manometer an, läßt sich den Druck wieder auf volle Höhe hineinpressen und prüft unsere Arbeit. Erst von außen, Niet um Niet, Naht um Naht, dann von innen, den Flammröhren; wir äugen gelegentlich hinüber, denn wir sind schon an einem anderen Kessel vollauf im Gange. Endlich hat er sich überzeugt, das Wasser wird abgelassen, die Mannlochdeckel geöffnet und nun muß der Ingenieur hineinkriechen in die Höhlung, nachsehen, nachprüfen, ob jede Niete beiliegt, jede Naht sitzt.

In dem Augenblick, da wir die Mannlöcher wieder verschließen, sitzt der Ingenieur im Büro, vergleicht die Papiere, die jede Platte auf Güte und Stärke ausweisen, dann setzt er seinen Namen darunter und schließt den zwanzig Seiten starken Paß. Der Kessel ist fertig und kann verladen werden.

Das große Tor wird hochgezogen, ein eiserner Vorhang mit Maschinenkraft; gleich kommt der große Kran angerollt. Der Kranführer läßt den Haken herunter, der Transporttrupp hat sich mit einem schweren Stahlseil herangemacht, dieses wird um den Zweieinhalbmeterleib geschlungen, ein Pfiff, und auch dieser Kessel schwimmt wie ein Luftschiff davon, verschwindet aus unseren Augen.

Da, Klingeln und Schellen, die Sirene: Mittag! Hammer weg! Dreihundert Menschen eint diese Sekunde. Zigarette raus, angesteckt, in den Speiseraum. Ich sehe in die Gesichter der Kameraden, überall menschliche Augen, menschliche Eigen- und Leidenschaften; wir sind keine Maschinen mehr. Wir essen: wir sind wieder Menschen geworden!

Brückenbau

Leeres Land zu beiden Seiten des Stromes, von Ost und West kommt je ein Bahndamm aus der Ferne; sie verbinden sich mit den Betonbrückenköpfen und gehen in straffgegitterte Eisenverstrebungen über. Nach hundert Metern brechen die eisernen Bögen jäh ab: zwischen den gemauerten Betonpfeilern gähnen mehr als hundert Meter Leere; das mittlere Drittel der Brücke fehlt noch.

Dieses Mittelstück fehlt nur im Zusammenhang: es ist da. Drüben am Band des Stromes liegt es aufgebaut. Die fertiggenieteten Eisenmassen ruhen auf miteinander verbundenen Kähnen, die bis an den Rand im Strom liegen. Die Kähne sind so weit mit Wasser gefüllt, daß sie gerade schwebend die Brücke halten.

Es ist morgens vor acht Uhr. Die Arbeiter, Zimmerleute, Nietkolonnen und Helfer, sitzen auf den Trägern; sie warten auf das Regierungsschiff, das die Herren von der Strombauverwaltung und die Ingenieure aus der Fabrik heranbringt. Heute ist die Durchfahrt auf dem ganzen Strom gesperrt. Schleppzüge ankern in respektvoller Entfernung. Da, Punkt acht Uhr, schwenkt das weiße Schiff heran, der Bauleiter steigt in ein Motorboot und fährt zu den Arbeitern an das Mittelstück heran. Alle sind aufgestanden, drängen im Halbkreis vor, der Bauleiter reißt den Hut vom Kopf und ruft hinüber: »Guten Morgen, Arbeitskameraden! Der Tag und die Stunde sind gekommen, heute wird die Brücke zusammengefahren. Die Umstände zwangen uns, diese Brücke in drei Teilen gleichmäßig auszuführen. Der mittlere, an dem wir jetzt stehen, wird eingeschwommen werden. Eure Vorarbeiter haben es euch erklärt. Die Schlepper fahren die Kähne mit dem Zwischenstück in die Lücke der Seitenteile. Dann werden die Pumpen das Wasser aus den Kähnen schmeißen, diese steigen und heben die Brückenmitte hoch. Sobald diese mit den Seitenteilen gleichsteht, werden die euch bekannten Verbindungsmittel eingesetzt; jeder muß auf seinem Posten seine angewiesene Arbeit tun. Kameraden! Auf diese wenigen Stunden kommt es an – seid aufmerksam und hört, was befohlen wird! Glück auf! Die deutsche Arbeit hoch!«

»Hoch!« rufen die Brückenbauer und schwenken dazu die Mützen.

Jetzt kommt der große Signalpfiff.

Das Motorboot schnurrt davon, zu den Schleppern, der Pfiff gellt, die Arbeitsschiffe tuten Antwort. Unendlich langsam ziehen sie an, man merkt es kaum, wie sie vom Land loskommen; als sie mit der Strömung abwärts zu treiben scheinen, geben sie Volldampf. Langsam gegen den Strom schwimmt nun der großmächtige Bau. Langsam schiebt er sich vor; es dauert über zwei Stunden. Endlich steht die Mitte genau in der offenen Lücke. Die Brückenbauer sehen hinunter. Als die Oberkanten der steigenden Mitte an die Unterkanten der Seitenteile anstoßen, da erzittert für einen Augenblick das ganze Eisengebäude. Die Gleitplatten sind gut mit schwarzer Seife und dickem Öl beschmiert, es genügt ein gewaltiger Hebeldruck von zehn Mann am Kippbaum, und die ungeheure Last der vielen tausend Tonnen gleitet in die vorgeschriebene Bahn, steigt langsam aufwärts. Mit dem linken Arm um die Träger eingekrallt, biegen die Brückenbauer sich tief und weit vor, um ja den ersten Augenblick des Näherkommens nicht zu verpassen. Auf einmal müssen sie den Arm vor die Augen pressen. Staub und Rost fegt von den Trägern hinab. Da erst merken sie, daß ein Wind aufgekommen ist. Der erste Stoß ist nun vorüber, sie sehen in die Ferne, gelbe Wolken am Horizont, Gewitterwind! In heulenden Stößen fegt er um sie hin, immer wieder fliegt der Dreck von den Trägern in die weit aufgerissenen Augen; trotzdem müssen sie auf die mit Rotmennig und Bleiweiß kenntlich gemachten, weithin leuchtenden Verbindungslöcher sehen. Den Stahlpinn in der rechten Faust, mit dem linken Arm in die Winkel festgeklammert, erwarten sie das Aufkommen dieser Löcher.

Was nützt es nun, daß alles so klar ausgedacht und berechnet, alles vorher erklärt und besprochen worden ist! Wer kann wissen, wieviel Gewalt der Wind auf die Träger, Schiffe und Wasserflächen, in Tonnen berechnet, ausübt! Nein, der Wind konnte nicht eingerechnet werden. Dieser unsichtbare Feind versucht jetzt, die harten Hände und den härteren Geist zu verwirren.

Sie sehen die Brücke höher und höher steigen, fühlen schon das Schwanken und schieben dem Wind die Schuld zu. Sie dürfen keinen Augenblick die Löcher aus den Augen lassen, und doch können sie nicht anders – einen Augenblick müssen sie sie hinuntertun, auf das Wasser, auf die Schiffe, um zu sehen, ob der Rhein schon in Wellen zu schlagen beginnt. Der erste Vorarbeiter, Welters, sitzt nun oben auf dem Brückenbogen, wohin ihn der Ingenieur befohlen hat – fünfzehn, zwanzig Meter über dem Wasser. Er muß nach rechts sehen und nach links, nach vorn und hinten, auf die Träger, auf die Leute, auf die Schiffe und die Taue. Die meiste Arbeit hat er mit den Schleppern, die ungleichmäßig ziehen. Er gibt Signalpfiffe, die Schlepper tuten Antwort; das Schwanken muß jetzt aufhören oder – es liegt nicht an den Schleppern, es liegt an dem verdammten Sturm; eine hundert Meter lange Brücke, zwanzig Meter breit, und die sollte von einem unsichtbaren Gegner, dem Wind, beherrscht werden?

Welters Geist gerät in eine unerträgliche Spannung, er vergißt sich selber, ist hingerissen von dem stummen und erbitterten Kampf. Er macht dies ja schon zum fünften Male; doch jetzt ist es etwas ganz anderes. Der Wind ist zum Sturm geworden. Bis jetzt steht alles gut. Eine Stunde noch, dann wird die Brücke auf gleicher Höhe stehen, dann können die Hilfsträger untergeschoben, die Schrauben ins Loch gesteckt werden, dann kann kommen was will, Erdbeben und Weltuntergang, unsere Brücke, die wird stehen!

Oder sie stürzt, reißt alle Mann auf den Kähnen und Trägern mit hinunter in den Strom. Da gibt es keine Rettung und kein Halten – was nicht erschlagen wird, das ersäuft, Mann und Meister, Techniker und Ingenieure, rettungslos sind Werk und Mensch miteinander verbunden. Das Schicksal der Brücke ist Menschenschicksal geworden.

Mehr als hundert Mann wachsen in diesen Minuten der Spannung zu einem einzigen Arbeiterblock, der nur noch zusammen denkt, zusammen handelt. Da glühen die Gedanken aus den Hirnen in brennender Stichflamme von einem zum andern, sich selbst unbewußt: die Brücke, die Brücke!

Noch eine Stunde? Eine halbe Stunde?

Welters kniet auf dem höchsten Punkt des Bogens, hängt, späht wie ein Raubvogel, mit gerecktem Hals über die Kante; er steht auf, geht wie ein Kapitän auf der Kommandobrücke übers Gerüst. Es wird ihm bewußt, daß er auch gar nichts mehr tun kann. Er muß warten! Warten! Sehen, ob alles gut geht. Unten puffen die Dampfmaschinen der Pumpen, die Wasserströme klatschen, von allen Seiten fliegen Fetzen Geräusche: die Eisenträger reiben aneinander, sie scheuern mit kreischendem Schreien, dann rubbert dumpf, sprungweise, weiß der Teufel was, dann knallt und schrammt ein Stahlseil. Welter spuckt vor Wut auf die Pumpen herunter, weil die nicht schneller machen können. Brücke, verdammte Brücke! Bums, lange hat sich der Träger geklemmt, jetzt macht er wieder einen Hubs nach oben – der Vorarbeiter spannt von neuem auf die Pumpen, auf die Kameraden, auf die Löcher. Unerträglich langsam geht das voran. Warten, warten, warten!

Der Wind saust, der Dreck fliegt. Er muß die Augen zukneifen. Noch fünfundzwanzig Minuten, noch zwanzig Minuten?

Tatloses Warten! Warten hier oben auf dem Träger, warten, Minute um Minute. Das Herz beginnt zu pochen, das Blut klopft in den Schläfen. Welter denkt, es ist wie vor zwanzig Jahren: diese Brücke ist ein Schlachtfeld, hier wird gesiegt – oder gestorben! Hier bewähren wir uns, bewährt sieh das Werk, oder wir werden zu Schrott, vernichtet! – Er hört Hammerschläge, die wie Schüsse peitschen, Zahnräder knattern wie Maschinengewehre, dazwischen Kommandoschallen und gellende Signalpfiffe. Welter denkt an die Worte des Ingenieurs: Alles oder nichts. Sieg oder Niederlage. So ist die Brücke das Schlachtfeld der Arbeit geworden. Soldaten sind die Arbeiter, die um ihr Leben und das Leben des Ganzen kämpfen. »Soldat Welters!« so redet er sich selber an, »du stehst hier, General über der Arbeitsschlacht, aber ändern kannst du auch nichts am Verlauf, du kannst nur dein Leben, eingesetzt in das Werk, mit dem Leben der Kameraden verbinden! Du kannst nur mit ihnen siegen – oder mit ihnen untergehen!« Es ist ihm, als säße er gar nicht mehr hier oben auf dem Träger, als schwebe er, getragen von der Verantwortung und dem Vertrauen.

Es ist ihm, als fühlte er zum erstenmal die wunderbare Harmonie aller schaffenden Kräfte. Die Einheit aller Arbeit: Werk und Mensch!

Er sieht alles, was zu sehen nötig ist, ordnet in seinem Kopf das Bild des ganzen Bauwerks: Die Brücke! Die Brücke!

Es ist schwer, so still zu stehen in dem kreischenden Krachen, Stoßen, Heben. Indessen ist die östliche Seite hochgekommen; es gibt furchtbare Stöße, wenn ein Träger sich klemmt. Schläge, die die ganze Brücke erschüttern, wenn der steigende Druck mit einem ruck das Ganze höher stößt. Das westliche Pumpwerk scheint nicht recht mitzukommen; dort hängt die Brücke tiefer. Die östlichen Pumpen müssen zeitweilig aussetzen. Er hört durch den Sturm hin das Knirschen der Träger, fühlt das Vibrieren des rutschenden Eisens. Jetzt glaubt er zu sehen, wie ein Schlepper nachläßt – er sieht die Brücke aus der Richtung zurückgehen, wieder vorwärtsschwanken, sieht die Nieter verzweifelt mit den Pinnen nach den Löchern fuchteln, hört Flüche, Kommandogebrüll; mit schrillem Geschrei rattern die Kranwinden an, die den letzten Ausgleich mit Anziehen und Loslassen geben müssen. Noch ein paar Minuten, dann muß die gleiche Höhe hergestellt sein, dann müssen die Mitten vollkommen parallel stehen; er sieht die Nieter, wie sie am unteren Träger die Löcher gepackt haben; wie sie mit den großen Dornen voranstoßen. Noch ein paar Sekunden, dann werden die Winden oben anziehen und die paar Zoll herüberholen, die noch an der Senkrechte fehlen.

Warten! Minuten! Sekunden!

Da! Krachen, Brechen, die Brücke wird von einem gewaltigen Stoß erschüttert, Pfiffe von unten durch die heulenden Windwirbel, leise knirschendes Poltern, das zum donnernden Tosen anwächst. Ein zweiter Stoß nun ... dann Ruhe. Über ihm klingen die Stahltrossen, heulen wie geschlagen auf, die Kranwinden ziehen an. Sie schaffen es, Zoll um Zoll ziehen sie die Mitte herüber, ins Senkrechte, damit Loch auf Loch steht!

Da – mit ungeheuerem Sausen zerspringt eine Stahltrosse und klatscht in die Konstruktion, wie ein Schuß saust die zweite hin, wie ein zischender Granatsplitter fegt die dritte über ihm her. Die Brücke – wahrhaftig, sie tut einen Sprung, hoppst hoch und setzt mit einem gewaltigen Schlag auf. – Eine Sekunde, zwei, drei, vier! Saust sie jetzt noch nicht ab? – Entweder – oder – fünf, sechs, sieben – er hört mit Zählen auf, zählt weiter, zwanzig Sekunden, dreißig! Stürzt sie nicht weiter? Sitzt sie auf? Er sieht unter sich die Kolonnen hantieren, abgelaufene Rollen. Taue, Balken poltern ab; er sieht die Holzkreuzlager auf dem Wasser treiben, die Schlepper vorandampfen: die Brücke steht!

Eigene Buchreihe oder eigenen Verlag gründen

Seit 2009 bietet tredition sein Verlagskonzept auch als sogenanntes "White-Label" an. Das bedeutet, dass andere Unternehmen, Institutionen und Personen risikofrei und unkompliziert selbst zum Herausgeber von Büchern und Buchreihen unter eigener Marke werden können. tredition übernimmt dabei das komplette Herstellungs- und Distributionsrisiko.

Zahlreiche Zeitschriften-, Zeitungs- und Buchverlage, Universitäten, Forschungseinrichtungen u.v.m. nutzen diese Dienstleistung von tredition, um unter eigener Marke ohne Risiko Bücher zu verlegen.

Alle Informationen im Internet: **www.tredition.de/fuer-verlage**

tredition wurde mit mehreren Innovationspreisen ausgezeichnet, u. a. mit dem Webfuture Award und dem Innovationspreis der Buch Digitale.

tredition ist Mitglied im Börsenverein des Deutschen Buchhandels.

Dieses Werk elektronisch lesen

Dieses Werk ist Teil der Gutenberg-DE Edition DVD. Diese enthält das komplette Archiv des Projekt Gutenberg-DE. Die DVD ist im Internet erhältlich auf **http://gutenbergshop.abc.de**